SHANGHAI LITERATURE & ART PUBLISHING GROUP

故事会
精品系列

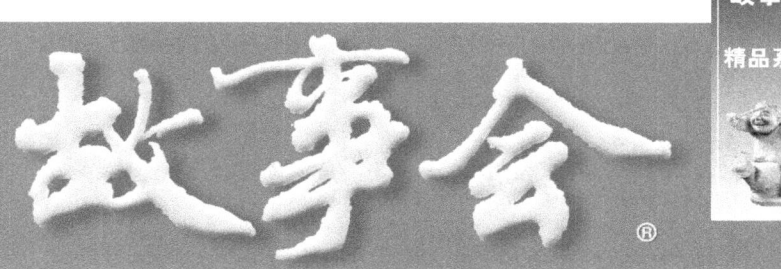

# 传闻逸事

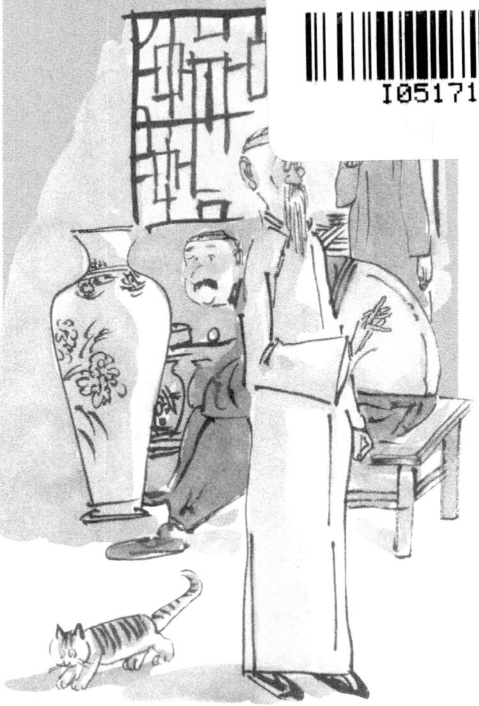

 上海锦绣文章出版社
上海故事会文化传媒有限公司

上海文艺出版（集团）有限公司

**图书在版编目（CIP）数据**

传闻逸事 《故事会》编辑部编 - 上海：上海锦绣文章出版社
（故事会精品系列） ISBN 978-7-5452-0843-6
Ⅰ．①传…Ⅱ．①故…Ⅲ．①故事 作品集 中国 当代 Ⅳ．I247.8
中国版本图书馆 CIP 数据核字 (2011) 第 021518 号

丛 书 名：故事会精品系列

书　　名：传闻逸事

主　　编：何承伟

编　　委：何承伟　吴　伦　姚自豪　夏一鸣


责任编辑：刘迎曦　鲍　放

装帧设计：王　伟

责任督印：张　凯


出　　　　版：　上海锦绣文章出版社

　　　　　　　　上海故事会文化传媒有限公司

POD 海外发行：　中国图书进出口上海公司

　　　　　　　　电话：021-36357888

　　　　　　　　传真：021-36357896

　　　　　　　　地址：上海市虹口区广中路 88 号

　　　　　　　　邮编：200083

# 目　　录

**得失沉浮**

**奇谭趣志**

# 舍 生 取 义

说古道今,有多少英雄豪杰为了道义和信念而取义成仁,终都不悔九死落尘埃。

# 清官之死

　　古时候有个知县，虽然为官清正，爱民如子，但由于那几年天灾不断，百姓常常吃不饱穿不暖，生活苦不堪言，知县为此事多次上书朝廷，请求赈灾，却均遭拒绝。

　　这天，县城里突然来了一伙强盗，黑布蒙面，在街上大喊大叫："反了，反了！"百姓吓得东躲西藏，晚上都不敢出门。出了这么大的事，知县岂敢怠慢？于是立即上书朝廷，朝廷很快就拨下银两，并下旨：镇压不力，定斩不饶。

　　说来也怪，还没等知县组织力量镇压，这伙强盗便销声匿迹不见了踪影，百姓这才放下心来。可谁知好景不长，没多久那伙强盗又来了，知县不禁又慌了手脚，又急忙上书朝廷，朝廷于是又拨下银两，又下圣旨：若再镇压不力，全家抄斩。

　　怪就怪在圣旨和银两一到，强盗就不见了踪影，可问题是没过多久，他们就又反扑回来。

知县实在别无他法，只得再次上书朝廷。这一回，朝廷既不拨银两也不下圣旨，而是派了个钦差前来督查。

这钦差姓李，与知县是老友，所以领命后没有通报，带着随从就直奔县城来了。可巧的是，钦差到县城时正好和这伙强盗不期而遇，于是当即下令："给我把他们统统拿下！"

一场厮杀眼看就要开始，谁想那强盗头儿朝随从大喝一声"住手"，就立刻揭去蒙面黑布，自动下马就擒。钦差一看，好不吃惊：强盗头儿竟就是知县本人。

钦差不能不问个明白："你这是为何？"

知县回答说："没办法，不动点脑筋，赈灾银两从何而来？没有银两，百姓怎么活下去？"

钦差一听，心里不由打了个"咯噔"：哎呀呀，自己真要办差，不就是把老友往死里推吗？可不办回去又交不了差啊！他急得朝知县连连跺脚："你呀你，你这不是拿自己脑袋当儿戏吗？"

可知县却对钦差说："为了解救一方百姓，我死而无怨。我只有一个请求，你斩我时能不能用刽子手麻六？他下手快，我想在奔黄泉的路上少点痛痒，还望大人恩准，我将感恩不尽。"

钦差看着老友欲哭无泪，只有点头。

三天后，刑场上人山人海，老百姓闻讯都赶来了。

知县扫视全场，大声说："谢谢大家来为我送行，我死不足惜，来日方长，还望大家今后好自为之……"

知县说到这里，场上百姓无不号啕大哭。

这时候，只见刽子手麻六扛着刀大步走到知县跟前，"嗵"地跪下说："大人代民受过，小人有礼了。"说罢，挥起刀子"喀嚓"一声就砍下了自己的右臂。

知县惊呼："麻六，该砍我的头呀，你怎么……"

麻六忍着剧痛说："断臂肉痛，杀大人心痛，肉痛能忍，心痛难熬呀！小人断臂，已无法行刑，还望大人饶恕。"

这惨烈一幕,让钦差深受震动,但圣命难违呀,他只得含泪命令站在麻六旁边的另一个刽子手陈七动手。

谁知陈七颤颤抖抖地也在钦差跟前跪了下来,说:"知县大人对我恩重如山,现在大人要我去杀恩人,不如先杀了我吧!"说完,他也像麻六一样挥刀砍下了自己的一条手臂。

钦差一看,连连跺脚,转头就命令第三个刽子手刘五上前。

刘五没吱声,挥起刀子就要朝自己手臂上砍,知县急得大喊一声:"刘五,你附耳过来。"

刘五愣了愣,走到知县跟前,问:"大人有什么吩咐?"

知县悄悄对他说:"砍自己手臂不是办法,你如能在我脖子上砍一刀,又不让我死,那我对你真是感激不尽了,你要多少银子我都给你。实不相瞒,每次朝廷拨下的银两,我都私自留了一半。"

"什么,你……"刘五一听,顿时暴跳如雷,"好你个狗官,原来竟也是个贪赃枉法的家伙!唉,我这两个兄弟真是瞎了眼,刚才白白遭罪了。哼,你这个该千刀万剐的狗官,看我怎么收拾你!"刘五说罢手一挥,白光闪处,知县的人头立刻落了地。

可谁知,那人头在地上滚了一圈,张嘴道:"刘五,我刚才那话是骗你的,我家里就是连一两银子也拿不出来呀!"

刘五闻听此言,方明白知县刚才这么说的用意,心里真是悔恨不已,捶胸顿足,号啕大哭。

这时候,只听场上哭声一片,钦差也忍不住抹开了眼泪。

突然,就见刘五"叭"地跪倒在知县面前,猛抬手,又一道白光闪过,他自己的人头落了地……

(作者:刘 璟;讲述者:吴文昶)

(题图:俞耀庭)

# 一张借据

潘武从小无父无母,到了结婚年龄也没钱娶媳妇,只好找人写下一张借据,言明娶亲之事,跪在街市口向过往路人求借银两。路人都讪笑潘武想媳妇想疯了,可潘武不以为耻,在那里一跪就跪了三天。

这事被一个叫金银的人知道了,他很同情潘武的境遇,正好家中还有些余钱,于是就借给潘武纹银三十两。潘武十分感动,拽住金银的手问明恩人名姓,让人在借据上写明"致谢金银三十两",交到金银手中。潘武后来不但用这三十两银子娶了媳妇,小两口还一起做起了小本买卖,一年后就攒下纹银三十两。

这天,潘武赶到金银家,一定要金银到自己家里去喝杯薄酒,顺便可以将三十两纹银还上,金银推却不过,就跟着去了。

走进潘武家，金银愣住了，只见迎面墙上明晃晃贴着一个条幅，条幅上写着：致谢金银三十两。他再四下看，不但是四面墙壁上，就连床头边、橱柜面、灶台前，凡是目能所及的地方，都贴着这样的字条。

潘武憨厚地给金银解释说："滴水之恩当涌泉相报，我这样做，是为了让自己时时刻刻都不忘对恩人您的致谢之意呢！"金银听了大为感动，夸潘武真是个至诚的人。

两个人彼此都觉得投缘，于是就坐下一边喝酒一边聊了起来，越喝越聊越觉得有说不完的话。回家后，金银跟妻子说起潘武的仁义，妻子也为丈夫交了这样一个朋友而高兴，于是两家就开始走动起来，交往日深。

不久，金银的妻子怀孕了，金银乐得梦里都想笑。可奇怪的是，妻子十月怀胎后生下的儿子，模样竟像极了潘武，除了嘴巴下面少颗黑痣，看那眼睛，那眉毛，那鼻子，简直就是从潘武的模子里刻出来的！

这算怎么回事，难道妻子和潘武有染？

这种事就怕往深里想，越想越拔不出来。金银要妻子说实话，妻子哭死哭活地就是不承认，金银顿时火蒙了心，抱起孩子就去找潘武算账。

潘武见金银前来问罪，大惊失色，坚决否认与金银妻子有龌龊之事。可再看金银怀里的孩子，又的确像极了自己，本来就嘴巴笨拙的潘武顿时就愣住了，目瞪口呆地站在那里，一句话都说不出来。

金银见潘武这个样子，以为他已经默认了丑事，心头怒火一蹿八丈高，大骂潘武恩将仇报，"蹭蹭蹭"把他的腿打折了还觉得不解恨。闹罢回家，金银还想与妻子理论，没想妻子却已经悬梁自尽。

而潘武的妻子见潘武做下这等脏污之事，一气之下也甩门而去。

两个好端端的家就这样散了,金银从此心灰意冷,日日以酒浇愁,拖着这个像极了潘武模样的儿子过日子,家道很快就败落了。

一晃十几年过去,金银的儿子到了娶妻的年纪,可这时候的金银哪里还有钱给儿子娶媳妇?有好事者于是就给金银出主意,挤着眼睛讪笑说:“当初潘武娶媳妇时,不是你借给他银两了吗?现在你也可以去向潘武借呀!再说了,你儿子长得本来就像潘武嘛!”

一听这话,金银心想:对呀,潘武当年不是说“滴水之恩当涌泉相报”吗?哼,就找他去借钱,倒要看看他怎么报答我这个当年的恩人。

金银敲响了潘武家的门,潘武拖着一条断腿把金银让进屋里。潘武听说金银要借钱给儿子娶媳妇,二话没说,把家中所有的家什都变卖了,正好是三十两纹银,全都交给了金银。

金银于是就用这三十两纹银给儿子把媳妇娶回了家。

转眼十个月过去了,金银儿子的媳妇也生下了一个男孩,可这男孩一落地,不但是金银,就连儿子和他媳妇,六只眼睛全都瞪圆了。为啥?原来这个孩子竟长得更像潘武了,连嘴巴下面那颗黑痣都和潘武一模一样。

媳妇“啊”地惊叫一声就昏过去了,醒来后,金银父子俩连打带骂地追问她到底是怎么回事,媳妇只是哭,什么话也不说。金银见状真是气不打一处来,激怒之下一纸状书将潘武告到了衙门。

县令向来疾恶如仇,且断案如神,看罢状子脸都气黑了:好个潘武贼子,竟奸淫了一家两代?他即刻让捕快将潘武捉拿了来,开始大刑伺候,可是直到将潘武打得死去活来,也没从他嘴里招出半个字来。

县令没了辙，脑子里便琢磨开了：看潘武这样子，的确不像是做那种事的人，况且金银父子俩又实在说不出自家媳妇与潘武哪怕是半点具体的苟合之事。再说，十几年前两家结仇后实际上就断了来往，潘武就是要对他们媳妇下手，也没有机会啊！

事情的端倪到底在哪儿呢？县令想得头都疼了。

这时，到大牢里去给潘武疗治棒伤的衙医，给县令带回来一个惊人的消息。衙医在疗伤时无意中发现，潘武其实早就做不成男人了；再一追问，才知潘武媳妇就因了这个原因，在外面找了别的男人，那年金银家里出了事，她索性就顺水推舟走人了事，正好圆了她自己与情夫的美梦。

县令一听此等消息脸顿时白了：哎呀呀，这么说来是本县误判了案子？这让同行知道，不耻笑才怪！若是弄不好让上面知道，说不定还会摘了自己的乌纱帽。县令越想越害怕，连夜就借口证据不足，将已经被打得半死的潘武放回了家。

金银父子受此大辱，却又讨不回公道，气得七窍生烟："什么狗屁县令！"父子俩决意要弄清事情真相。

这天，父子俩在街市上听人说，千里之外的青城山上有个见多识广的道长，能解万事之谜，于是便慕名前去拜访。见了面，父子俩发现这道长果然一派仙风道骨的样子，当即肃然起敬，便把前后之事一一说了。

道长听后又细细问来，随后微微点着头说："这事情虽然看起来不可思议，但你们真的是冤枉潘武了。你们想想，你金银到潘武家喝酒，一进门就被满屋子'致谢金银三十两'的条幅包围着，就连潘武敬你的酒里，也浸透了他的至诚之意，要知道，他对你金银的这种感激，已经渗透到他身心骨子里去了。受了这样的熏染，喝了这样的酒，你们两个又谈得这样投缘，彼此大有相见恨晚的意思，回去以后，你再把如此情愫带给你的妻子，这样生出的孩子，怎么会长得不像潘武啊？"

可是道长一番话,在金银听来依然感到云山雾罩。

金银的儿子问道长:"那我儿子生下来更像潘武,作何解释?我又没喝潘武的致谢酒。"

道长感叹道:"你虽然没喝潘武的致谢酒,可你爹为你娶妻时用的是从潘武那里借来的三十两纹银。潘武真是一个实心实意的人哪,你们这么误解他,可他还始终念念不忘你们当初给他的滴水之恩,倾其家财借给你们三十两纹银,这其中的每一两都注入了他对你们深深的感激之情,每一两都充满了他对你们赤诚的朋友之意。用这样的银两娶下的媳妇,媳妇再生下的孩子,岂不就更像他潘武了吗?这也是完全有可能的事啊!"

道长这番话,金银父子俩好像听明白了,又好像还没有完全明白。

道长于是抬手一挥,对他们说:"二位请回吧,不要再上天入地寻求答案了。世间之事,阴差阳错,其实万物之真谛,就在每个人的心里啊!"

道长这番话刚落音,就见一阵大风刮起,风过后,哪里还有道长的身影,而金银父子俩却已经回到了故里,就站在潘武家的门口。父子俩进屋想当面再向潘武问个究竟,谁想潘武因吃官司受了大刑,伤势过重,已经双手合十,坐在家中死了。

"你不能死,不能死!"金银疯了似的冲上去,拉着潘武的手喊道,"你得告诉我,这一切都是为什么,为什么啊?"

没想金银这一拉一喊,潘武的身子竟"轰"地一声倒了,胸前的布扣随之绷脱,露出他紧贴在胸口的一张字条。金银父子俩一看傻眼了,抱住潘武放声大哭。

您道为何?字条上这样写着:致谢金银三十两。

(王东生)

(题图:王申生)

# 柔富公主

靖康年间,赵构做了偏安皇帝,根本不去考虑收复北方的事情。

这天,有个女扮男装的叫花拖着一双跛足,拄着拐杖来到宫门外,看上去完全是一副长途跋涉的样子,她自称是柔富公主,从北方逃回来,特来见驾。

赵构一看,这叫花眉眼里果然有当年公主的相儿,可他心存疑虑地说:"许多将军武夫都不能逃回,她一个女流之辈能回来,这里面会不会有诈?"有大臣建议让以前伺候过公主的宫女来证实,赵构立刻点头。

宫女们于是立刻应召前来,一看,个个惊呼,确认真是公主殿下;又问宫中旧事,也对答如流。这一来,赵构尽管还是心存疑虑,但也说不出什么了,只好颁诏加封她为"福国长公主",赵构打算把她作为故国的象征,去安抚那些一直想北上收回国土的将领。

这天,赵构设宴请来一班重臣,为柔富公主接风压惊。

酒过三巡,柔富公主缓缓起身,端着酒杯朗声道:"皇上,各位大臣将军,请了。"然后,她神情悲切地面北,把酒洒向地面。

赵构一看情势不对,刚想制止,柔富公主却抢先开口道:"我女扮男装一路乞讨从北方逃回,豁出命来多次与金兵周旋,终于保住了一道密旨。"

听到这话,赵构猛吃了一惊,因为柔富公主回来时,他特地让人在她身上仔细搜寻过了,什么也没发现,怎么现在却说有密旨带回?可此刻当着一班重臣的面,他不能不让她说下去。

柔富公主弯下腰,褪下左靴,一圈一圈地解开绑在腿上的纱布,只见她肿胀的左腿肚上有道长长的伤疤,她咬咬牙,从头上拔出金钗,对准伤疤猛划下去,伤疤处立刻鲜血四溅,重臣们看着一片惊呼。柔富公主咬紧牙,将两只手指插进迸裂的伤口,从里面扯出一个淤血包裹着的长约三寸的东西。

群臣们都惊呆了,赵构直感到一阵眩晕,连话都说不出来。

这时,柔富公主直起腰来,将这东西抹去血迹,剔除油纸,里面竟是一卷白色丝绢,上面陈血斑斑。她展开丝绢,泣声道:"这就是我带回的密旨,太上皇的亲笔血书。"

柔富公主说的太上皇,是指宋徽宗,宋徽宗的瘦金体天下知名,群臣围上去一看便知是真迹,大家的眼光顿时就都齐刷刷地望着赵构,看他如何定夺。

而此时赵构脑子里却一片空白,柔富公主此举完全是他想不到的,他呆呆地愣在了那里。

柔富公主却根本不理会赵构,开始读起宋徽宗的密旨来:

"我等溺于所爱,疏于国事,以至靖康之乱,蒙尘北狩。我等身死事小,念北国失地遗民,终日凌辱于金人铁蹄之下,我心犹焚。望皇儿早日整顿国事,挥师北伐,救黎民于水火。"

柔富公主念完后,强忍着腿上剧烈的疼痛,冷冷地扫视着在场的每一位重臣。

兵部侍郎赵鼎第一个开口:"皇上,公主历尽磨难,带回血旨,我等绝不能贪图安逸,偏安一隅。只要您一声令下,我赵鼎敢为先锋,直捣黄龙。"

一个头发灰白的老臣却道:"皇上,军国大事岂能说打就打?依我之见,还是从长计议为好。"

旁边又一个重臣开口道:"皇上,公主回归,又奉血旨,事出突然,我看当设法迎回太后,以证其实,再作计议。"

片刻工夫,主战、主和还有中立三派就吵开了,而赵构始终脸色铁青,不发一言。

话说柔富公主,因失血过多,在这阵阵争吵声中突然晕倒在了地上,待再醒来时已是次日清晨。她忍着左腿伤口剧烈的疼痛,欠身一看,但见四周窗明几净,昨日今晨,恍若隔世,而千里迢迢带回的那份血旨,已不知去了哪里。

一个宫女闻声过来,见柔富公主要起来,赶紧说:"公主,太医吩咐,公主不能下地。"

柔富公主冷冷道:"快扶我起来,我要去见皇上。"

宫女一听急了:"公主,皇上和大臣们连夜在御书房议事,直到清晨才刚歇息。皇上传旨,任何人不经他传唤,不能见驾。"

柔富公主却偏要挣扎着起床,她让宫女扶着走到门口,但见门外站满了披甲卫士,领头的看到柔富公主要出来,就拱手上前道:"公主请回,有事但请吩咐。"

柔富公主立刻明白,自己已经被赵构软禁了。

而与此同时,赵构正用和议的办法要迎回太后。

几个月后，太后果然被秘密接回。母子相见，稍叙别离之苦后，赵构道："我有一事请教母后。"他边说边就取出柔富公主带回的那份宋徽宗的密旨。

见旨如见人，太后忍不住伤心落泪："柔富在城破之际身怀密旨逃走，我以为她早就死了，没想到能活着回来。她在哪里？我要见她。"

赵构不吱声，让侍者端上一杯酒来。待侍者退下后，他对太后说："母后，这是一杯苦酒，不是我喝就是柔富喝，请母后定夺。"

太后一听，顿时脸色大变："你这是何意？"

赵构不说话，两只眼睛死死盯着太后。

太后叹了口气，说："我明白了，你是不想让你父皇和皇兄回来，你一心想做你的安乐皇帝。"

赵构道："柔富身负密旨万里归来，举国上下立刻谣言四起，再不平息，恐怕即使父皇不回来，我也做不成这个皇帝了。"

太后听了，长叹一声道："你想让柔富一死来掩天下人耳目？这杯酒我宁愿自己喝了。"

赵构似乎早料到太后会有这话，他"啪"一声把手里的酒杯往地上一摔，随后又拿出一道密函，说："母后，我这样做也是迫不得已。既然母后重情，这酒谁都不喝也罢，母后只须按这密函上的话向群臣言明，我保证母后和柔富都平安无事，否则情势逼人，那结局……就说不准了。"

太后一听，顿时泪流满面。

这天晚上，太后来到柔富公主这里，母女俩劫后重逢，有说不完的离情别绪，流不尽的伤心泪水。夜深了，太后收泪道："柔富，今晚我们母女同睡。从你出生起，我们很少睡在一起，这是生在皇家的不幸，我们身不由己，说来真是羡慕那些平常百姓啊！"

母女俩相拥而卧，太后轻轻拍着柔富公主，如同拍着一个新生的婴儿："柔富，我们娘儿俩离开皇宫到民间去吧，住瓦房，过平常人的日子，如何？"

柔富公主轻言道："母后，国已破，家何在？"

太后心里"咯噔"一下，嘴里不由发出一声轻轻的叹息……

次日，群臣聚集，赵构为太后接风洗尘，柔富公主由宫女们扶着走进大殿，上前给母后请安。谁知太后见了柔富公主，脸上肌肉猛一阵抽动，她盯着柔富公主从头到脚看了半天，突然说："你是谁？柔富被俘，受不得苦楚，已死多年……这都是我亲眼所见……怎会……怎会现在又出来一个柔富？"

太后此言一出，举座皆惊。

柔富公主眼前一黑，惊呼道："母后，您这是怎么了，昨夜……"

太后的声音嘶哑而僵硬："我在北朝听说过大都有一个女巫……柔富死后，她到处找流落民间的宫女询问宫中旧事……后来，就有人说他们在那里又看到了柔富……要不是我亲眼看到柔富已死，我……我现在定也会把你……把你当女儿的……"

说到这里，太后眼前一黑，赵构忙过去搀扶，趁机一把按住了她的嘴。

柔富公主见状，两行清泪一泻而出，仰天长叹道："母后，兄长，你们可以不认我，难道连丈夫和父亲也不认吗？你们可以不认他们，难道连百姓也不认吗？"

赵构听了大怒，立即喝道："侍卫，把这妖言惑众的巫婆拉出去，立即斩首！"

"慢！"柔富公主道，"我不能死在自己朝廷的刀下！"说罢，她扔掉拐杖，一头撞向立柱，倒地而亡……

（童程东）

（题图：黄全昌）

# 双 义 庙

　　从前,有个山西人名叫李老实,在京城一家当铺做朝奉先生。

　　这天,有个叫赵甲的找上门来。赵甲是李老实穿开裆裤时就认识的好朋友,只可惜运气不好,一直找不到好差使,这次他想来京城开个杂货铺,可又缺银子,便来找李老实借。

　　李老实一听,二话没说就拿出自己多年攒下的一百两银子给他,说:"你先拿去,如果生意做得顺手,就算是咱俩合伙。"

　　赵甲顿时感动不已,千恩万谢地说:"我知道大哥攒下这笔银子不容易,咱们还是立个契约的好。"

　　李老实却涨红着脸连声说:"咱们从小一起长大,我怎么会不相信你呢?"

结果，赵甲没留半个字就把李老实的银子捧走了。

开个杂货店不容易，赵甲又要布置店面，又要四出办货，忙得不亦乐乎，等到一切就绪，终于到了开门大吉的时候，他去请李老实来喝开门喜酒，谁知赶到当铺一看，却不见李老实半个人影，一问才知李老实早在半个月前就突然得急病去世了，棺材也已经由他老家的儿子李小官护送了回去。

赵甲得此消息真是唏嘘不已，回来后就在家中为李老实设了个牌位祭奠。从此，赵甲克勤克俭做生意，十年之后就把一家小小杂货铺变成了名扬四海的绸缎庄，他自己也成了远近闻名的大老板。

这天，李老实当年的当铺老板带了一个小伙子来找赵甲，这小伙子就是李老实的儿子李小官。当铺老板告诉赵甲，李家自从死了当家人，这些年一直在走下坡路，天灾人祸接连不断，李小官在外流浪了好几年，实在混不下去了，才跟了一个远房亲戚到京城来找老板，想混口饭吃。当铺老板记得当初李老实曾跟他说起过赵甲是他的同乡，如今见赵甲生意越做越大，便有心把李小官引荐给他。

赵甲一听，当场就把李小官留下了。他对李小官说："当年要不是你父亲拉我一把，我赵某也混不到今天。前些年，我曾经到老家去找过你好几次，都得不到个准讯，所以今天你来真是再好不过了，以后就留在我身边当账房先生吧。"

赵甲如此仗义，李小官自然喜出望外，连忙磕头道谢。

当铺老板不放心，在边上衬了句："工钱多少，也请赵老板定个数吧！"

可赵甲却打着哈哈说："不急不急，一家人不说两家子话，这点小事还不好商量？"

他嘴上这么说着，却始终没给李小官定出个工钱的准数来。当铺老板不便强求，只好将信将疑地告辞。

话说这李小官，十足跟他父亲一样老实，总觉得自己初来乍到，不好向赵甲计较工钱多少，有口饭吃就不错了，从此就赤胆忠心替赵甲做账。半年下来。绸缎庄上上下下没有不夸他的，可他仍不好意思向赵甲提工钱的事。

这天，赵甲与李小官闲聊，聊着聊着，提起了李小官的婚姻大事，李小官顿时涨红了脸，说："小侄到伯父这里帮忙，不过是混口饭吃，哪里谈得上成家立业。"

赵甲一听笑了，忽然就说："你替我当了半年多账房，还没有盘过我的总账，今天就辛苦你替我盘一盘，我赵某如今究竟有多少家产。"

李小官不知道赵甲突然要盘账是想干什么，既然说盘那就盘吧，于是花了几天工夫，他总算把赵甲的家底给盘了个透：赵甲的家产，现金加上存货，一共有六万两银子。

李小官把盘账结果告诉赵甲，赵甲一本正经地问他："这总账是你亲自盘的，不会错吧？"

李小官说："不会错，伯父请放心。"

"好，"赵甲立刻接口道，"那我就放心了。这六万两银子，正好一分二，你我一人三万两。"

"什么？"李小官吓了一跳，"伯父，这……这可万万使……使不得，伯父是在开玩笑吧？小侄到这里半年，全靠伯父周济，有吃有穿有得住，我感激都来不及呢。就算是伯父看得起我，要赏我工钱，也不过一年几十贯的老规矩而已，小侄哪敢多要？再说，伯父子孙满堂，家产再多也该传给自家人才是，小侄可从来没有非分之想……这银子小侄是万万不敢要的。"

可赵甲却看着李小官直笑，说："你不必客气，到时候我自有主意。"

三天之后，赵甲在家里设宴，特地请来了当年李老实的那个当铺老板，以及街坊上有声望的前辈，让李小官也来陪客。

酒过三巡,赵甲站起来向在座的客人们一拱手,神色庄重地说:"想我赵某十年前落魄在京城,全靠朋友李老实帮助,以小小杂货铺起家,我这一步步走来,在座各位前辈都是看在眼里的。当初李老实拿出他多年积蓄的一百两银子给我做本钱的时候,连个借据都没立,为什么?不就是讲的朋友义气嘛,是他信得过我赵某。如今李老实早已作古,而我赵某却成了大老板,这么多年来,我没有一天不在思念我的大哥。好在现在大哥的儿子小官来了,想当年大哥和我说过,如果生意做得顺手,就算是两人合伙,既然他有义,我也该有信,如今我这六万两银子的家当,就该分一半给小官。有人或许要问:半年前小官来的时候,你为啥不早说?这里有个缘故。小官初来,我不摸底,怕他年纪轻轻,一下子有了这么一大笔钱,从此挥霍成性,不求上进,将来我到九泉之下,难向大哥交代。而今半年过去了,我看小官为人克勤克俭,而且完全有能力独立经营,所以今天特地请诸位到场做个中人,替我把这家当分了。"赵甲说罢,拿出李小官盘账之后亲笔誊写的明细账目,请大家过目。

赵甲这番举动,顿时震惊全场。

当铺老板第一个站起来,由衷地拍手称赞:"好!赵老板光明磊落,肝胆照人,果然是一个品德高尚的正人君子。这杯酒,我干了!"

在座的各位长老都纷纷举杯,一则赞扬赵甲为人,二则向李小官祝贺。

李小官却急得站起身来,连连向大家摆手,说:"使不得,万万使不得!诸位长辈听我说,伯父这番情义小侄心领了,不过十年前的事,毕竟口说无凭,不能认真。就算先父真有一百两银子给伯父的话,十年下来,一本一利,我收回二百两银子也应该知足了,再要多拿就是不义之财,小侄岂敢?"

赵甲却不与李小官多说,命家仆抬出三万两银子,放在大厅之上，说："今天当着大家的面，我赵某总算了却了十年旧债。银子全在这儿，怎么处置，就由小官自己决定吧！"

而此时李小官也不言语，走上去拿了二百两银子，向赵甲磕了一个头，转身就朝门外走。等大家明白过来追出门去，竟不见了李小官的踪影。

这真是天下之大无奇不有！明摆着大老板不做，世上难道还有这样的傻瓜不成？赵甲请在座的街坊长老作主，大家说，这么大的地方，到哪里去找人？这事只好报官，让官府来处置。

后来事儿报到官府，当官的不信，说此事闻所未闻，眼下最要紧的还是要找到李小官。于是官府发文通报各州各府，限时限刻要把李小官找到。

官府一插手，事情果然好办，不出半月，就在山西某地找到了李小官，当即护送回京。

大堂上一对质，就是这么回事。当官的想了想，于是就说："既然如此，我看这六万两银子还是一人一半。如果李小官觉得心中不安，亦可捐出一笔，把城外那座破庙给修一修，做做好事，岂不了结？"

这一说，真是皆大欢喜，李小官立刻拿出一笔银子来修破庙，赵甲又添上一笔，当地百姓人人拍手叫好。

菩萨开光那天，官府送来一块匾额，上书"双义庙"三字。后来，随着这个故事的流传，双义庙里的香火越烧越旺。

（顾希佳 编写）

（**题图**：黄全昌）

# 三义桥

　　清道光年间，京东有个小村叫三仙桥，村里有个知客头儿姓郝，兄弟排行在三。郝三为村里人操办过无数红白喜事，不论穷富都尽心尽力，所以大家都很尊敬他，称他为爷。

　　可没想这位郝三爷老运不佳，老伴后来得了哮喘，一犯病就喘得死去活来下不了炕，儿子德旺二十刚出头，在京城一家杂货店里当伙计，常年不在家，家里春种秋收、碾米磨面、挑水做饭、煎汤熬药……里里外外全靠郝三爷一个人忙活。幸亏他是个乐天派，倒也不在乎这些，谁家有个红白喜事儿，他还照常去帮忙。

　　可这天突然有人从京城捎来口信儿，说他儿子德旺随掌柜去河南开封办货，刚进彰德地界，掌柜就被人杀了，德旺因此被判了谋财杀主的死罪，待呈文批复就要处斩，现在被押在彰德府死囚牢里。听到消息，郝三爷急得顿足捶胸，老泪横流。

与郝三爷家相隔不远住着一家姓马的，户主马长锁三十多岁，是村里出名的老实人，当初马长锁受过郝三爷保家活命的大恩，如今眼看着郝家出了这么大的事儿，他哪能坐视不管？他问郝三爷："三爷，德旺兄弟这事儿您打算怎么办？"

"嗨，常言道：是儿不死，是财不散。既然摊上了这事儿，我还有啥话可说？生死由命吧。"郝三爷虽然话是这么说，但浑浊的老泪却早已从眼中滚落。

马长锁便劝郝三爷道："三爷，您不是常说'车到山前必有路'吗？依我看，德旺兄弟平时为人厚道，绝做不出杀人害命的事儿来，您还是去彰德看看他吧，万一遇上个青天大老爷，或许他的命还有救。至于家里的事儿，您放心，有我呢！"

说完，马长锁又从怀里掏出十两银子交给郝三爷，说："三爷，打官司得用钱，这点儿银子您带上。"

郝三爷顿时就愣住了："你哪来这么多银子？"

马长锁笑笑，没吭声。

郝三爷脸一沉："你不讲清这银子的来路，我怎么能拿？"

马长锁憋了半天，说："三爷，我……我把牛卖了。"

郝三爷一听急了："长锁，你好糊涂啊！你把牛卖了，这地你怎么种？以后日子还过不过了？"

马长锁说："三爷，除了牛，我就再没什么值钱的东西了。您放心，这牛将来我还可以再买，现在是德旺兄弟的命要紧啊！"

在长锁和众乡亲的劝说下，郝三爷终于打起包袱上了路。

三仙桥到彰德府有一千多里地，郝三爷没日没夜地赶，这一走就走了十多天。这天傍晚路经一座大庙时，郝三爷实在走累了，就在庙前的台阶上铺了块包袱皮儿睡下，打算第二天天一亮就走。可没想第二天一觉醒来，他只觉头如麦斗，眼冒金星，浑身跟散了架似的，几次想站都没站起来。

正在这时，从庙里出来个小和尚，见郝三爷横躺在台阶上正堵着庙门，急了，说："老头儿，你知道不知道今天是七月十五中元节？庙里要举行盂兰盆会，施主们都要来进香的，你在这儿一躺，不是存心搅我们啊？"

郝三爷一听可生气了："我说你这个小和尚，说话怎么这么难听？我要能走得了，不早走了吗？"

一老一小话不投机，越说喉咙就越响。正在这时，一乘蓝布小轿到了庙门口，轿后还跟着管家和两名女仆。轿停稳后，只见轿帘儿一挑，从轿上下来位穿绸裹缎的奶奶，她见小和尚正跟一位老者打嘴架，堵着庙门进不去，便打发管家上来劝劝。

管家把小和尚拉开，把郝三爷搀扶到一边坐下，回头就请东家奶奶进庙。谁知东家奶奶两只眼珠儿直盯着郝三爷看，还吩咐管家说："我看这老者面熟，像是我那位多年未见的表叔。你去问问，他若是姓郝，在家排行在三，老家是京东三仙桥的，你就先把他接家去，让他洗洗澡，换换衣裳，有啥话等我回去再说。"说完，带着两名女仆进庙烧香去了。

管家按照东家奶奶的吩咐，就去向郝三爷盘问，姓名住址果然不差，于是当即雇车要把郝三爷拉走。郝三爷莫名其妙，说管家认错人了，可管家说："要说我认错，那没准儿，可我们东家奶奶平时当着好几十口人的大家，上支下派从来不乱，哪会认错？您就跟我走吧！"管家不容分说，拉起郝三爷就往车上搀。

郝三爷心想：反正我也走不动了，去就去吧。可没想去了一看，那起脊的门楼，宽宅大院，院里人喊马叫的，俨然是大户人家，他看得眼都直了。

管家随即就张罗着给郝三爷剃头洗澡换衣裳，安排他在客房住下，随后一日三餐招待极为热忱。东家经商在外，一切都由管家作陪，郝三爷心里纳闷了，怎么也想不起来自己有这门子亲戚，他几次提出来要见东家奶奶问问，管家都说："不忙，不忙。"

这天掌灯之后,郝三爷又坐在炕上纳闷儿,忽听竹帘儿响,管家进来说:"老爷子,东家奶奶看您来啦!"

郝三爷赶紧穿鞋下地。

只见竹帘儿一挑,那东家奶奶走进屋来,郝三爷一看,她年纪在二十七八,中等身材,细眉大眼圆脸盘儿,头上青丝盘了个元宝纂,一件翠绿色九丝罗小褂,配一条湖蓝色绣花绸裙。郝三爷左看右看,只觉着这女人面熟,可就是想不起来是谁。

东家奶奶见郝三爷站那儿愣神,脸不由一红,笑道:"三爷,您不认识我啦?可您一定还记得长锁吧?"

"啊,是她?"郝三爷惊得差点没叫出声来。

原来,八年前的一天,郝三爷帮邻村老李家办完喜事回来,已经三更天了,他走到村口,隐隐约约听到三仙桥下有磨刀声,不由心里一紧:这深更半夜的,谁在这里磨刀?他要干什么?郝三爷觉着不对劲儿,就伸头往桥下看,发现磨刀的竟是村里的马长锁,不由心里一惊:长锁常年在邻村给人家帮工,这么晚了却在这儿磨刀,绝没好事儿。郝三爷于是赶紧溜下河坡,想去问个明白,谁知长锁听到动静,"腾"地一下就转过身来,举刀要砍。

郝三爷将身子一躲,笑道:"长锁,看准了是谁再动手。"

马长锁一看是郝三爷,这才放下手来,勉强一笑,说:"是三爷呀,怎么这么晚还没睡?"

郝三爷担心地说:"长锁,你是我看着长大的,你给我说老实话,磨刀想干啥?"

长锁憋得脸红脖子粗,吭哧了半天,说:"人家告诉我说,我老婆杨氏跟那个姓孙的穷酸秀才暗中来往,起初我不信,可刚才回家,看到这对不要脸的狗男女果真在屋里说笑呢,我……"马长锁晃晃手里的刀,咬牙切齿道,"哼,我非宰了他们不可。"

马长锁这副凶神恶煞的样子,着实把郝三爷吓了一跳,他望着长锁满头是汗的脸,瞪红了的眼睛,想了想,说:"长锁,这种女人是该杀，可你看看你手里这刀，连把儿都没有，扎不能扎，砍不能砍，到时候就算杀死一个，另一个跑了，你还得偿命。"

被郝三爷这么一说，长锁不由低头看看自己手里的刀，眉头皱紧了。他瞪眼瞧着郝三爷，说："现在黑灯瞎火的，我上哪儿找顺手家伙去？"

郝三爷说："我最近倒是买了一把新刀，刚开刃，保证能让他们一刀一个透心凉。不过你事后千万不能说出是我借刀给你的，你得说是你自己的刀，咋样？"

马长锁一听连连点头说好，跟着郝三爷就去他家里拿刀。

此时，郝三爷的老伴早睡了，郝三爷把马长锁领进小厢房，点上灯，从橱柜里拿出一把锃亮的杀猪刀来。马长锁一看，这刀刃口有八寸来长，二寸来宽，刀尖儿非常锋利，还有二寸多长的把儿，看着就让人脊梁沟儿冒凉气。

马长锁接过刀就要走，郝三爷拦住他问："长锁，你杀过人么？"

马长锁愣了："三爷，这都到什么节骨眼儿啦，您还说笑话？以前甭说杀人，就连猪我也没杀过呀！"

"你看是不是，你连猪都没杀过，现在就去杀人，你下得去刀么？甭说你，就连衙门里专管杀人的刽子手，头趟行事都得喝两碗酒壮壮胆儿。正好，我今天帮老李家办喜事儿带回来点酒，还有菜，你先喝上两口，壮壮胆儿再去。"郝三爷说着，就把一应东西摆上锅台，吩咐马长锁，"你先喝着，我去解个小手就来。"说完，他出去了。

马长锁觉着郝三爷这话有道理，于是便往锅台前一蹲，抄起酒壶就嘴对嘴地喝上了。喝了一阵，他把酒壶往锅台上一墩，抄起杀猪刀就要往外走，正好郝三爷这时解手回来了，迎住他说："长锁，这可是人命关天的大事，你千万要拿准喽，屋里得两个人都在你才能下手，要不，跑了一个，以后官府就会把你抓了去。"

"我知道,捉奸捉双么,杀两个没事,杀一个得偿命。"马长锁说罢,转身就走了。

看着马长锁远去的背影,郝三爷的心提到了嗓子眼儿,他蹑手蹑脚地走到院门口,侧耳细听他家动静……工夫不大,远远地就见马长锁回来了,郝三爷赶紧跑回锅台旁,装作顾自在喝酒的样子。

不一会儿,马长锁气汹汹地跨进屋来,把杀猪刀往锅台上一扔,说:"三爷,您这可不对,您把我卖啦!"

郝三爷朝他眼一瞪,说:"我借给你刀,还给你喝酒壮胆儿,你说,我怎么把你卖啦?"

马长锁鼻子里"哼"了一声,说:"那为啥屋里就只有我老婆一个人?"

郝三爷着急地问:"你把她杀啦?"

马长锁沮丧地摇摇头:"屋里就她一人,我怎么能杀?"

郝三爷一听,心里的石头落了地,说:"那先前准是你听错了,屋里原本就是她一个人。"

"没那事儿!"马长锁说,"我当时听得清清楚楚,贱女人还给那酸秀才砸核桃仁儿吃呢,怎么一会儿工夫就没人影了?准是您趁我喝酒的时候给他们报了信儿。"

"哎呀,长锁,你这是想哪儿去啦?我与他们一不沾亲二不带故,为啥要管这臊事儿去帮他们?不过话再说回来,你还是消消气儿,静下心来再细细想想,要真把他们两个杀了,就算不用偿命,起码也得挨几十板子,这衙门有白进的吗?有理没理你都得花钱,这么一来,你不还得落个人财两空?等以后攒够了钱再说媳妇,那时候你怕是胡子都白喽!"

马长锁耷拉着脑袋憋了半天,说:"三爷,我爹在世的时候跟您最好,我也是您看着长大的,您说,我现在该咋办?"

郝三爷抄起酒壶抿了口酒,说:"长锁,既然你把话说到这份上,我就直说吧!你媳妇本来是大家主上房的使唤丫头,虽说身份低,可平常吃的穿的使的看的都是什么?凭你一个扛大活的能养得起?还有,我听说就因为她跟那个教书的孙秀才有点勾搭,东家怕人财两空,才把她卖给了你。表面上看她是你老婆,实际上她心里还惦着那秀才,你说,她能安下心来跟你过日子么?依我说,你干脆把她卖了,换下钱来娶个庄稼院的闺女,哪怕是黄毛大脚,只要能跟你安心过日子就好。"

马长锁一听,拍着大腿说:"三爷,您这话实在,我听您的。不过,还求您帮我把这事儿给办了吧,咋办咋好。"

郝三爷一看总算把马长锁给劝下来了,心里自然高兴,于是第二天就托媒婆帮着把马长锁那媳妇杨氏卖了,又给他娶了个年轻的寡妇。前面说马长锁受过郝三爷保家活命的大恩,说的就是这事儿,否则难保他不落个人亡家破的下场。可让郝三爷万万没想到的是,眼前这女人,竟就是马长锁当年的媳妇杨氏。

郝三爷明白了:杨氏所以要说自己是她亲戚,其实是想报那夜的报信救命之恩。他决定成杨氏一个谢恩之美,于是便故意苦笑一声道:"哎呀呀,看我这记性!我想起来了,你是老杨家我二姑的大孙女,一晃有二十来年没见啦,我一下哪认得出来呀!"

杨氏立刻接口:"看来表叔还不算老啊!"

郝三爷乐了:"都怪我与老亲走动少,消息不灵了,不知大侄女是怎么嫁到这么个远地方来的呀?"

杨氏当即长叹一声,把管家和丫头打发出去,告诉郝三爷说:"三爷,那年我离开三仙桥之后,就被这家姓白的买来做小,老爷常年在外做生意,他妻子病染在身不能生育,所以才买的我。也算命里该着,我先后给老爷生了两个儿子,他们家自然对我另眼看待。去年他妻子死了,我于是就被扶了正,当起这份家来。"

郝三爷听罢,不住地感慨:"你真是福大命大啊!"

杨氏说:"这都是菩萨奶奶保佑的啊,所以每逢初一、十五,

9787545208436

我都要去庙里烧香,不然也不会遇上三爷您。可不知……不知三爷咋也会跑这地方来?"

郝三爷不觉也叹了口气,把儿子德旺摊上人命官司的事儿如此这般说了一遍。

杨氏一听,立刻说:"三爷,我本该留您多住几日,以报当年救命之恩,可德旺兄弟这事儿不能耽搁,好在彰德府离这儿不到二百里,我让管家刘福多带些银子,随您一块儿去,刘福这人可靠,对衙门里那一套也熟,您就放心让他跟着,一定要想办法把德旺兄弟救出来。"

杨氏说完,就把管家刘福叫来,把事儿吩咐了,于是第二天,郝三爷就与刘福乘一辆二马驹小轿车子往彰德府赶,第三天头晌到了那里。刘福在府衙附近找了家旅店,安排郝三爷住下,午饭后两人就去死囚牢,刘福塞给狱卒二两银子,要求探视德旺。

可万万想不到的是,狱卒竟板着脸对他们说:"二位来晚啦!"郝三爷一听,差点晕倒。

那狱卒却"扑哧"一声笑出声来,说:"你这老头儿也太胆小啦,我刚说了半句,你就吓成这样?嘻嘻,老头儿,我刚才是给你开玩笑的,该给你道喜才是啊!实话告诉你吧,你儿子前几天就被放啦!"

郝三爷不信,紧着追问到底是怎么回事儿,狱卒说:"怎么回事儿得回家问你儿子自己去,反正人已经放啦!"

郝三爷还是对狱卒的话将信将疑,他求刘福再到衙门里去打听个准信,刘福说:"老爷子,我看狱卒的话不会假。您不知道,这衙门里判了死罪的人忽然又被放了,不是靠财力就是靠人情,但其中细枝末节的事儿谁敢往外说呢?去打听也是白打听。既然现在大兄弟已经被放了,您就不用着急啦,只要回家以后问问大兄弟自己,不就全清楚了?"

刘福这话说得在理,郝三爷也就不再勉强他了。

　　回到白家，杨氏得知德旺已经被放，也是喜出望外，忙吩咐摆酒给郝三爷压惊道喜。她再三要留郝三爷多住几天，可郝三爷惦着儿子，哪呆得住，于是第二天早起，杨氏给了郝三爷五百两白银，一头毛驴，又亲自将他送到大道边，说了好多千恩万谢的话，才洒泪而别。

　　郝三爷骑着毛驴紧赶慢赶回到三仙桥，进家一看，德旺正在给他娘熬药呢，爷儿俩相见，悲喜交集，马长锁和众乡亲闻讯，也都过来看望。

　　到了晚上，乡亲们先后散尽，郝三爷悄声问德旺："你先回捎信儿来说判了死刑，怎么这么快就又被放了呢？"

　　德旺说："我跟掌柜去办货，半道上住在一个山村小店里，当晚掌柜还好好的，没想第二天早晨却突然死在了炕上，小店主人到衙门告我谋财害主，衙门自然就判了我死罪。后来把我解到彰德府复审的时候，刚过一堂，有位姓孙的师爷到大狱来看我，问我老家是不是在京东三仙桥，我一提您的名字，他就说他跟您是老朋友，一定会想办法救我。他说话还真灵，没过几天果然我就被放了，那姓孙的师爷还送了我十两银子做路费，还说让我到家后一定别忘了替他向您问好……"

　　郝三爷听德旺说到这儿明白了：这师爷一定就是当初跟杨氏相好的那个孙秀才。他不由仰天长叹："看来，平常做事还得多为别人想，多积德啊！"

　　此时正值大秋，郝三爷见村口那座三仙桥桥面太窄，乡亲们秋收过车来来去去的极不方便，于是就拿出二百两银子，把桥重新整修了一番。乡亲们可感谢了，于是就将三仙桥改名三义桥，村子也因此改名为三义村。时至如今，只要提起这座桥和这个村，还有人会提到郝三爷。

（丁震宇）

（题图：黄全昌）

# 杀猪匠胡三

　　胡三是杀猪匠，除了杀猪，他也杀过牛，杀过马，杀过驴，杀过羊，杀过狗，就是没有杀过人。

　　胡三憨厚实在，心地善良，杀猪卖肉老不欺、少不哄，在镇上有口皆碑，他十三岁跟爹学杀猪，杀了四十年，杀猪都杀成精了。他杀猪，一是眼准，左瞧瞧，右看看，一头猪能杀几斤几两肉，一口一个准，上下不差一二两；二是手快，人家杀猪是血随刀出，他杀猪是刀出血不出，抽刀断血，转身走过两步，那猪血才"哗"一声喷涌而出。

　　胡三的杀猪技艺炉火纯青，镇上人都对他佩服得五体投地，唯独二驴子不服。

　　二驴子的爹是镇上的裁缝，二十年前老婆得病死后，他拐了耿铁匠的二闺女,带着五岁的二驴子跑去了东北;星移斗转,二十年弹指一挥间,二驴子现在又拐了人家的闺女跑回来了。这二驴子长得又高又瘦,尖嘴猴腮,一双老鼠眼成天"骨碌碌"地乱转,而他女人却是长脖子、马蜂腰,长得白白净净,如花似玉。

镇上人都说,二驴子老婆是鲜花插在了牛粪上。

二驴子嘴馋,好吃肉,可又没钱买,于是就三天两头到胡三这里来赊肉吃。胡三觉得二驴子怎么说也是老街坊的孩子,有时就赊斤把肉,或是猪心、小肠什么的给他吃。可二驴子见胡三这样,就越发得寸进尺,有时候猪心、小肠吃腻了,还要赊猪头和肘子吃。

大半年过去,胡三的小本本上早已记满了账,可就是不见二驴子还钱。这天,胡三找他要,他不但不给,还对胡三说:"三叔,你小肚子往里吸,存住气,人不死,账不烂,还怕我不还钱?"

二驴子如此过分,胡三就再也不赊肉给他吃了。一连三天,二驴子没从胡三这里赊上肉,急得团团转,眼珠子一转,就想了个主意。

这天,二驴子不知在哪里捡了头死小猪,"吭哧吭哧"地背了来,朝胡三肉案前一撂,说:"人都说三叔眼准,你看我这头猪能剥几斤肉?"

胡三正忙着,没工夫理他。

二驴子凑到胡三跟前,拔高了嗓门叫道:"三叔,你看这猪能剥几斤肉?"他说着,就一把摁住胡三的手,一副胡搅蛮缠的样子。

胡三不由恼火了,挣开二驴子的手,把刀往肉案上"啪"地一拍。

二驴子吓得头一歪,倒退了好几步,结结巴巴地说:"我找你剥……剥猪,又……又不是白剥,我付钱……钱,还……亏……亏了你不成?"

　　胡三被二驴子搞得哭笑不得，放下手里的活，看看撂在肉案上的死小猪，说："我看这……能剥五斤半肉。"

　　二驴子"嘿嘿"一笑，老鼠眼转了三圈，对胡三说："我这猪二十多斤，才剥五斤半肉？"这只死小猪哪有二十多斤重，二驴子故意多说了十来斤。

　　胡三一听，又瞥了一眼死小猪，说："少算一两，我赔你一斤。"

　　二驴子斜着眼说："少一两，三叔赔我一头猪。"

　　胡三眼一瞪，一拍大腿说："我割腿肚子肉赔你都行。"说完，就让家人提来水，洗净猪，放在肉案上，亮出剔骨刀，开膛破肚。只一袋烟工夫，那死小猪就肉是肉、骨是骨地分成了两堆，用秤一称，净肉果然五斤半，旁边看热闹的人一片叫好。

　　二驴子其实是想让胡三替他把猪剥了，现在见目的达到了，便喜滋滋地将剥下的猪小肠扔给胡三，说："三叔，这小肠我不要了，抵加工费吧。"

　　胡三"啪"地把它扔还给二驴子："我馋急了就吃这死猪肠？你拿回家自个儿吃去吧，加工费我也不要了，只要你服三叔就行。"

　　二驴子一听，当即"嘿嘿"一笑，把胡三替他剥好了的肉啊、骨啊、肠子啊什么的一包，乐颠颠地回家去了。

　　待把这些家伙吃完，过了五六天，二驴子的嘴又馋了，于是就又涎着脸去找胡三赊肉吃，胡三不赊，二驴子就天天来缠他。

　　这天，二驴子从河里捞了条死狗，那狗少说在河里也泡了三四天，肚子胀得圆鼓鼓的。二驴子提着死狗来找胡三，说："三叔，你看这狗能剥几斤肉？"

　　胡三抬脚就往狗肚子上踩，踩得狗嘴、狗腚两头直冒水，"四斤半。"他边说边就一脚将死狗踢了出去。

　　二驴子一看急了，连忙跑过去把死狗拖回来，对胡三说："三叔,你剥剥看,多了少了我可不服你。"

胡三被二驴子缠磨急了,说:"你这个小兔崽子,什么时候服过你三叔?"他忍不住又把死狗剥了,剔完骨头称净肉,一两不多,一两不少,正好四斤半。

狗肉吃完了,二驴子又想吃猪肉,胡三还是不赊给他,二驴子恨得直咬牙。

正当二驴子琢磨着想主意找肉吃的时候,镇上来了鬼子兵,在镇东大道旁垒了炮楼子,围着炮楼子又挖了一道深深的壕沟。

鬼子小队长叫山田四郎,长了一脸络腮胡,一副凶巴巴的样子,镇上人都叫他"狼头小队长"。自打鬼子兵一来,小镇就遭了殃,天天有女人被抢进炮楼,那撕心裂肺的哭喊声,鬼子兵寻欢作乐的浪叫声,搅得镇上人夜夜不安,闺女、媳妇们都吓得不敢出门。有一回两个女人不从,结果被鬼子兵活活劈死,一镇人都恨得咬牙切齿。

这天,二驴子的老婆上街买菜,被狼头小队长抢了去,立刻给关进炮楼,大门也不让出,二驴子找狼头小队长去要老婆,可非但老婆没要来,他还被鬼子兵打断了一条腿。那些鬼子兵还常到胡三的肉摊上来抢肉吃,胡三去要钱,结果被狼头小队长打得鼻青脸肿。

这天,二驴子瘸着腿来找胡三,说:"三叔,我想看看你的眼力是真准还是假准。准了,我天天来给你干活,不要钱;不准,你得天天给我肉吃。"

胡三一听,愣了:鬼子兵闹翻了一镇十八乡,你老婆也给鬼子抢去了,你还有心思来寻开心?

却见二驴子老鼠眼在街上来回扫了一圈,见没有人影,这才朝胡三附耳过来,小声说:"三叔,你看狼头小队长能剥几斤肉?"

胡三一听,顿时就张大嘴,瞪圆了眼睛。

二驴子看着胡三,那双老鼠眼眯成了一条缝。

胡三看看二驴子,咬着牙说:"三十三斤八两。"

二驴子不相信:"他那么大个子,才这点儿分量?"

胡三肯定地说:"我说三十三斤八两就三十三斤八两,绝对错不了。"

二驴子还是将信将疑:"你这回若是看错了,怎么算账?"

胡三说:"这回三叔若是走了眼,你把三叔眼珠子抠去当炮仗摔。"

胡三一言九鼎说得铁定,可二驴子就是不信:狼头小队长那么大个子,才宰三十三斤八两肉?

一个月黑风高的夜晚,胡三家的房门被"啪啪啪"拍得山响,胡三以为鬼子兵又来了,哆哆嗦嗦着去开门,却见二驴子背着个麻袋包一瘸一拐地挤了进来。

二驴子把麻袋包朝地上一扔,说:"我想看看三叔的眼光到底准不准。"他说着,将麻袋包"霍"地倒头一拎,只听"扑通"一声,胡三定睛一看,从麻袋包里掉出来的,竟是喝得烂醉如泥的狼头小队长。胡三顿时吓得倒抽了一口冷气,一屁股坐在地上,半晌没有回过神来。

二驴子扶起胡三,说:"三叔,这回你要是剥得一两不多一两不少,我不光服你,还给你当儿子。"

胡三一听,看着二驴子,突然不知哪来的勇气,"唰"地去拿来雪亮的杀猪刀,在自己大腿上蹭了蹭,对二驴子说:"我剥了这个狗日的给你看看!"说罢,就手起刀落,利索地干了起来……

第二天,一街人没见二驴子出来逛街,也没见胡三出摊,却在胡三的肉案上见到了半筐肉,上面插了块木牌,写着:狼头小队长肉,三十三斤八两。

杀猪匠胡三杀了一辈子猪,就这样终于杀了一回人……

(李　琳)

(题图:箭　中)

# 机 智 奇 谋

　　所谓传奇,就是山穷水尽疑无路
的时候,却能凭着智勇双全,换得柳暗
花明,绝境逢生。

# 绝 情 剑

　　热闹的集市上,一个老汉领着一个十几岁的小姑娘站在路边。老汉满脸沧桑,眉头紧锁;小姑娘瘦得皮包骨头,衣衫褴褛,领子上还插着一根稻草。谁都知道,老汉这是要卖亲生闺女哪!"只要十两银子……"老汉向围观的人哀求着。

　　围观的人很多,大家正在议论纷纷的时候,忽然一辆豪华马车停在了父女俩面前,马车上下来一位风度翩翩的公子,手里摇着羽毛扇。

　　只见公子走到姑娘跟前,打量了她一番,然后拿出五十两银子给老汉,说:"你闺女跟我走,我不会亏待她的。"

　　老汉立刻"扑通"一声跪倒在地,磕头如捣蒜,等他再抬头看时,马车已载着他的闺女远去了。

姑娘被带进一座深宅大院,公子让仆人伺候她沐浴更衣,不一会,一个眉目清秀的姑娘就站在了公子面前。

公子笑着点头,对她说:"你眉如新月,双目含情,从今天起,你就叫含月吧。"

姑娘红着脸低声道:"一切听凭公子安排。"

含月被带进一间宽敞的屋子,那里有十几个和她一般大小的姑娘正在抚琴,含月从此就开始和这些姑娘一起读书学琴。几年后,这些姑娘个个亭亭玉立,都出落成了标致的美人,而含月天资聪慧,相貌闭月羞花,又受了几年不凡的调教,在姑娘中更是鹤立鸡群。

也不知是从哪天起,公子就开始经常邀请一些衣着考究、气质高雅的贵人来家里喝酒,席上,他总是让除含月以外的姑娘为他们抚琴。含月发现,每隔一段时间,就会有一位姑娘被这些贵人带走,从此再没有回来。

最后,就只剩下含月一个人了,教含月读书学琴的老师,也换成了公子自己。公子除了教含月这些,还教她舞剑。含月确实聪明过人,每次公子给她示范剑法,她都过目不忘,而且持剑时脚下动如脱兔,出剑时剑锋神出鬼没,练到快捷处,宝剑的银光如同披在她身上的大氅,谁能想到,吟诗抚琴时万般妩媚动人的含月,舞剑时竟显得那么英姿飒爽。

一天夜里,含月偶尔看到公子在月光下独自抚琴,曲调十分忧郁悲伤,好像心中郁积了千年的怨愤、万载的忧思。这几年的朝夕相处,其实含月早已爱上了公子,看着心上人这般哀愁,含月的心都碎了,她悄悄把琴搬出来,为公子奏了一段行云流水的曲子,想借此来替公子分忧解难。当公子爱怜地抚着含月的长发时,含月感觉得到公子的泪水正一滴滴地滴落在她的脸颊上。

终于有一天,公子不再教含月任何东西了,他把含月叫到跟前,却半晌没有说话。

含月觉得很奇怪，轻声问："公子，难道出了什么事情？"

公子沉吟着说："含月，不瞒你说，我就是当今国王的三王子。"

含月笑了："公子，这我早就猜到了。"

公子一听，惊讶极了："你怎么会猜到？"

含月说："自从来到恩人家里，我虽没走出大门一步，可几年来的所见所闻告诉我，恩人家绝不是一般人家，而您的衣着，也只有贵为王子的人才穿。我来恩人家前就听说三王子多才多艺，我听恩人抚琴，音律大气磅礴，感觉恩人胸中承载了天下万物，这说明恩人的志向绝不是一般俗人可以想象的。所以我想，恩人必定是当今三王子殿下了。"

三王子听了，不禁点头赞道："含月，你真是太聪明了，我没有枉教你啊！"

含月的脸微微发红，低头不语。

三王子顿了顿，又说："可惜，我的父王耽于声色，他好像并不想传位于我，却器重生性顽劣的六弟。我六弟常和其他几个兄弟串通一气，商量谋位之事，我担心六弟登基后，百姓难享太平之日。唉，现在邻国日渐强大，怕就怕'人为刀俎，我为鱼肉'的日子不会太远了啊……"

含月一听，心里"咯噔"一下，试探着问："恩人是想把我送给您父王吧？"

三王子看着她，不由轻轻地点头，说："含月，你真是绝顶聪明。是的，明天我就想送你去见父王，他一定视你如珍宝，将来你的话对他来说重如千钧。"

含月没有答话，眼看着自己心爱的人要忍痛把自己送给别人，她心中万分难受，忍不住滴下泪来。

三王子赶紧拿出手帕，替含月拭泪："你……不想去吗？"

含月勉强笑了笑，说："恩人的意思我明白，知恩图报是做人的本分,我怎么会不愿意呢? 只是我有点舍不得离开这里。"

三王子一听再也忍不住了,一把将含月搂进怀里,激动地说:"含月,其实我又何尝舍得下你呢?"

含月任自己的泪水尽情流淌,这么多年了,她终于等到了这一天,她对三王子说:"恩人请放心,我知道自己该怎么做。恩人教我读书抚琴,是希望国王宠幸于我,然后通过我去改变国王传位的想法;恩人教我习武,是做了最坏的打算……"

含月刚说到这里,三王子慌忙捂住她的口,"扑通"一声跪了下来:"含月,我没有别的办法,只能委屈你了。"

含月吓坏了,慌忙也跪倒在地,哽咽着说:"我的命是恩人给的,只要恩人需要,为恩人做任何事情我都心甘情愿。"

三王子于是便站起身来,从腰间取下一把精致的宝剑,递给含月,忍痛说:"这把剑出自名家之手,名为'绝情剑',你把它带在身边,如果父王无意传位于我,我希望见到剑上的血痕。"

含月自然明白三王子这话的意思,她接过绝情剑,向三王子拜了两拜,此时三王子早已泪流满面……

含月进宫后,果然深得国王恩宠,真是"春宵苦短日高起,从此君王不早朝",不久就被封为了贵妃。可国王虽然对含月言听计从,在立储上却十分固执己见,几年过去了,三王子眼见自己继位无望,便渐渐心灰意冷起来,他感觉含月自从进宫后,心已经变了。

后来,终于有一天国王因过度迷恋女色而病倒了。驾崩前,他宣众大臣到病榻前传旨,将王位传于含月贵妃。众大臣虽然惊讶,也只好磕头遵旨。

在国王的丧礼上,身披重孝的王子们对含月怒目相向,三王子更是大声谩骂:"你这个红颜祸水,竟然如此绝情寡义!"可是含月的脸上竟然毫无表情。过了些日子,就在登基典礼这天,含月向这些王子下了将他们逐放的圣旨,三王子心里顿时涌起一种兔死狐悲的感觉,他料到含月登基后也绝对不会放过他,看来自己几年心血换来的,只是噩梦一场。

回府后,三王子绝望地抽出宝剑准备自尽,可就在这时,一队全副武装的大内侍卫突然来到他府上,大声喝道:"三王子接旨!"

三王子一见这阵势,心里更加悲愤:没想到这个恶毒女人这么快就下手,现在自己就连死的自由也没有了。

只听领头的官员宣读圣旨:"三王子人品贵重,深孚众望,当今国王愿禅位于三王子。钦此。"

三王子一听,简直惊愕不已,半天才颤抖着手接过圣旨,仔细看了三遍,没错,含月是将王位禅位给了他。

这时候,大内侍卫又给三王子递来一把宝剑,三王子一看,正是当年他赠含月的那把绝情剑。"不好!"三王子好像预感到了什么,急忙抽出宝剑,发现剑锋上的血迹是新的,他当即疯了似的往宫里跑⋯⋯

可是已经晚了,含月一身素白,正静静地躺在床上,颈下殷红一片,嘴角却带着微笑。在含月的手上,三王子看到了她留给他的遗言:剑上无血,为公子尽孝;剑上有血,是含月报恩。三王子终于明白:含月是以死来拯救国家,报答自己,同时也是用绝情剑来了断和自己的一段纯真爱情。三王子撕心裂肺地喊道:"含月,是我错怪了你呀!"

三王子登基后,没有辜负含月的厚望,大举改革,造福于民,国家日益强盛。

三王子也一直忘不了含月,若干年后,他下令为含月重修陵墓,让绝情剑陪在她的身旁。

在含月陵寝的外殿,三王子亲笔题写挽联:恨绝情宝剑,冷酷天下无二;惜含月圣女,多情古今第一。横批是:永失我爱。

(李承阅)

(题图:黄全昌)

# 寻找虎耳草

从前有一个县官，是四川人，因为为官清廉，皇帝就派他去安徽歙县，那地方被前任县官弄得一团糟。这新县官去了之后，首先革除那里的种种弊政，接着又严打不法分子，大兴水利，发展农桑，结果没几年时间，老百姓的日子就慢慢好过了起来。

可就在这当儿，县官背上却突然长出不少的小红疙瘩，开始他并没有太在意，后来看了不少郎中总不见好，他心里这才着急起来。

这天，县官来到一个小山村，刚到村口，一个癞头和尚喊住了他，说："想来您就是有口皆碑的新县老爷吧？您远离老家来这儿，要特别注意爱护自己身体啊！您知不知道，您背上现在已经长了不少的恶疮哪。"

县官说："啥恶疮不恶疮的,那只是一些小红疙瘩而已。"

和尚说："您可千万不要小看那些小红疙瘩,这就是恶疮,如果任其下去,它们会要了您的命。您是外地人,不知道身上长了这恶疮的厉害,看起来它们不是很痛,也不是很痒,可是时间久了,就会慢慢浸润到您的肝脏和肺腑里去,到那时候,就是华佗也难以回天了。"

县官被和尚这么一说,吓坏了："既然如此,那么请问大师,有什么办法给我治治吗?"

和尚笑眯眯地说："办法当然有呀,那就是要翻遍全县的草根树皮,去找一种名叫'虎耳草'的药。您是一方父母官,只要一句话,这里的老百姓谁敢不帮您去找?"

县官一听却直摇头,说："这不行,我虽然是一县父母,可如果为了我一个人而兴师动众,老百姓当面不说,背后也会骂我的。"

和尚鼻子里"哼"了一声,说："既然您不肯兴师动众,那就只有等着尸骨还乡了。"

见和尚不是在开玩笑,县官觉得这问题刻不容缓,得马上想办法解决。他想:要不干脆就破例一次算了,让全县的百姓帮我去找找这种虎耳草? 可是这念头刚冒出来,他的耳朵就一阵阵发烫,感觉身后好像有无数人在戳他的脊梁骨似的。这一来,县官毅然打消了念头,只是在回到衙门后私下叫来一个贴身的老衙役,要他去帮自己找这种草。

虎耳草其实是一种草本植物,可县官是四川人,乡音很重,加上那老衙役上了年纪,耳朵有点背,竟误把"虎耳草"听成了"胡二嫂"。也是巧,这老衙役走出县府没多久,竟然真就在一个老者指点下找到了一位叫胡二嫂的女人。

老衙役见到这位胡二嫂时,立马就被她的美貌惊呆了,心想:哎哟喂,怪不得一向正经的县老爷突然要找胡二嫂,原来胡二嫂竟是这般年轻漂亮。看来,就是再明白的老爷,见到漂亮女人也难以免俗啊。

老衙役把胡二嫂带回衙门,安排她在客厅坐下后,就急急忙忙去了书房:"老爷,我把胡二嫂给您找来了。"

县官正在批阅公文,一听这么快就把虎耳草找到了,立刻两眼放光:那个癞头和尚还说虎耳草不好找,看来他是存心哄我啊。县官赶紧吩咐老衙役:"我还有些公文没批好,你既然这么快就把虎耳草找来了,就先帮我去把它洗洗干净。"说罢,低头继续忙他的公事。

老衙役一听奇怪了,转过背去直嘀咕:"哎哟喂,这个老爷呀,给他把胡二嫂找来了,怎么居然还要我去帮忙把她洗干净?"可嘀咕归嘀咕,他也不敢违抗县老爷的命令呀,想了想,他就叫胡二嫂自己彻彻底底去洗个澡,然后便去书房禀报:"老爷呀,胡二嫂已经洗干净了。"

县官头也没抬,说:"洗干净了?那就给我舂起来!"

哎哟喂,洗干净了还要舂起来?老衙役只知道稻子要"舂",女人怎么个舂法他可不明白了,看来这个龟儿子县官要玩新花样哩。想到这里,老衙役的眉眼都竖了起来,说实话,他真想狠狠骂县官两句,可是一想到自己端的是县官赏的饭碗,只好把话咽了下去。

老衙役从书房退出来后,极不情愿地把胡二嫂带进客厅旁边的耳房,然后支支吾吾地对胡二嫂说了县官的意思。说罢,他长长地叹了口气,对胡二嫂说:"这事儿你可别怪我哟,当时他要我来找你的时候,我也没想到他竟是要干这种事情。"

谁知胡二嫂听了却一点也不惊奇,笑笑说:"你们这个新老爷勤政爱民,既然他叫我舂,我给他舂就是了。"胡二嫂说完这话,就自己动手脱起了衣裳。

老衙役在旁边羞得连忙转过了背:这个胡二嫂,人尽管长得漂亮,咋就一点儿都不知道难为情?嗨,既然她自己愿意,我又何必多操这份心呢!况且以前那些县官不但一个个又吃又贪又占,玩女人也是常有的事情,而这个新县官最起码平时还是勤政爱民的呀……"

老衙役这么一想,心里就好受了一些,于是便又去书房禀报,说是胡二嫂已经春起来了,说完,他转过身就想溜之大吉。因为他知道,胡二嫂既然洗干净了,又在那里春起来了,这个新老爷去后,肯定是要干那种事情了。

谁知老衙役刚转过身,县官就把他喊住了:"你走啥子走?你既然给我春起了,还要给我巴起哪!"

县官说的这"巴",老衙役是懂的,就是"敷"的意思,可胡二嫂毕竟是个人呀,他不禁糊涂了:"我怎么给您巴起呢?"

县官看他这副样子,板着脸说:"怎么巴你不懂?你既然把它春烂了,就把它拿来巴在我生疮的地方呀!"

老衙役一听,眼睛瞪大了:"老爷,您说的究竟是啥意思哟?胡二嫂是人,我怎么能把她春烂,又怎么能拿来给您巴起呢?"

县官一听老衙役这话跳了起来:"嗨,你有没有搞错哇?我让你去找虎耳草,你怎么去给我找一个女人来?这事儿如果被外人知道,还不说我荒淫无度、寡廉鲜耻?你呀你,你简直是在给我添乱。走走走,你还是快带我去见她吧,我要亲自去向她赔礼。"说罢,县官拉了老衙役就走。

可是两人来到耳房一看,胡二嫂不知哪里去了,桌上却多了一个雪白如玉的兑窝,那是一种专门用来春东西的凹形器具,兑窝里装满了一堆春得稀烂的东西,那东西青青的、黏黏的,还散发出一股他们从来没有闻到过的芳香。

一时间,老衙役呆愣在了那里,过了好一阵,才嘀咕道:"哎哟喂,这个胡二嫂到哪里去了呢?刚才她还春在这里,咋转过背就不见人了?"

县官好像悟到了什么，突然笑了起来，说："刚才她春在这里，现在它不也还是春在这里？虎耳草——胡二嫂，胡二嫂就是虎耳草啊！"

刹那间，老衙役也醒悟了过来，于是捧起那个兑窝，眉开眼笑地对县官说："老爷呀老爷，这是神仙在保佑您啊，不然，虎耳草绝不会变成胡二嫂，胡二嫂也绝不会变成虎耳草。刚才我还说您人面兽心、猪狗不如，和以前那些贪官污吏差不多，是我错怪您了呀！"

县官一听老衙役这话，忍不住笑出声来："如果我真那样做了，你骂我是应该的。不过话又说回来，如果你不把虎耳草误听是胡二嫂，我们又怎么能够找到它呢？由此看来，那个癞头和尚说的都是实话啊，虎耳草这东西，的确不是一般人能找到的，假如你的耳朵不背，假如我说的不是四川话，我们就是叫全县的老百姓都来把草根树皮扒了，也找不到这草啊！嗨，你还愣着干啥呢？来啊，快给我巴起来。"

老衙役答应一声，抓起已经春烂了的虎耳草，立刻给他打心眼儿里敬重的这个老爷巴了起来。

县官敷上虎耳草后，身上的恶疮果然很快就好了，这以后，他这个县官就当得更精神了，只几年时间，政通人和，百废俱兴，治安状况也大大得到了改善，县境内可以说是夜不闭户、路不拾遗，皇帝知道后笑眯了眼，百姓也没有一个不说好的……

（李成毅　李文雯）

（**题图**：黄全昌）

诸葛亮在西城设空城计的故事，几乎家喻户晓，但据说事后诸葛亮心里却十分后怕，想起这件事头上就冒冷汗，晚上睡觉也常被恶梦惊醒。为啥？你想，当初多疑的大将军司马懿是在攻陷了街亭之后，率十五万大军浩浩荡荡杀奔西城而来，如果他是个无知莽鲁之辈，只要派出一支兵马杀进城里，那将会有多少人成为其刀下之鬼？

所以那段时日，诸葛亮整天食不甘味、夜不成寐。夫人劝他吧，他心里比谁都明白；可不劝吧，夫人又于心不忍。思前想后，这天，夫人对诸葛亮说："夫君，趁现在公务不忙，我们何不出去走走？你也可以换换心境。"

诸葛亮听了眼睛一亮，说："知我者，真乃夫人也，我也正想出去走走。这样吧,我们去你父亲的庄院小住几日,也好重温那里的田园风光。"说罢,就修书向后主告假。

说起诸葛亮和他岳父黄承彦的关系,那可非同一般,当初诸葛亮闲居南阳卧龙岗时,两人就是知心好友,也因此结下了翁婿之交,后来诸葛亮出山,黄承彦常常苦苦思念。如今女儿和女婿突然回了家,叫他如何不高兴?

黄承彦立即吩咐家人设宴,为小两口接风洗尘。酒足饭饱之后,翁婿两人便摇着鹅毛扇,说说笑笑地走出庄外,悠悠地散起步来。

走了一程,只见月亮缓缓从天边升起,田野里一片迷茫,蝈蝈梦语般的叫着。诸葛亮抬头一看,发现不远处有灯光闪烁,便问道:"怎么野地里还有人家?"

黄承彦摆摆手,说:"不就是咱们家那三亩西瓜地嘛,那是瓜棚里点的灯。说起来也有些奇哩,这地里长的瓜就是好吃,又甜又解渴,是这一带出了名的,可就是要隔三年才能种一茬,眼下正是收瓜时节,瓜棚里总得叫人看着点儿吧?"

诸葛亮听了"嘿嘿"一笑,摇摇手里的鹅毛扇,说:"小婿有一请求,不知岳父大人能否应允?"

黄承彦笑了:"一家人还谈什么求不求的,有话尽管说。"

诸葛亮于是便说:"小婿请求岳父大人应允,从明晚起,由我来看守瓜田。"

"什么?"黄承彦大吃一惊,"贤婿乃国之栋梁,如何能干这等事?使不得,万万使不得。"

可是诸葛亮的态度却十分诚恳,坚持说:"小婿本卧龙岗散淡之人,为报答先帝知遇和托孤之恩,才成为过河卒子,只有奋力向前,鞠躬尽瘁而已。再说,小婿也想独自享受一下夜晚田园里的幽静,看看天相,听听虫鸣,还望岳父应允。"

黄承彦沉吟良久,说:"既然贤婿有此雅兴,那就请便吧。"

第二天傍晚,黄承彦召回原先在瓜棚看瓜的家仆,又亲自将瓜棚睡床上的凉席和盖被换了,临走时,还特意给诸葛亮留下一柄宝剑。

这天晚上,月亮很久才升起来,天上有薄云,月光显得十分蒙眬,瓜地里的秋虫和远处的狗吠声,都显得梦悠悠的。诸葛亮在瓜棚里坐不住,就走出瓜棚,顺着瓜田中的小路蹓跶起来,他仰头看天,月儿和星星在云中若隐若现,只有翻飞的蝙蝠在瓜田上空盘旋,阵阵夜风吹来,瓜藤叶"沙沙"地响成一片,在这久违了的浓浓的田园气息包围之中,诸葛亮只觉得心旷神怡。

这时候,诸葛亮突然想起自己计退司马懿十五万大军的事,他心想:如果瓜棚里空无一人,风灯高挂,宝剑高悬,那么即使有来偷瓜的贼人,也是万万不敢动手的,他们一准会想看瓜人肯定是藏在哪个角落里,就等着捉拿他们哩。

想到这里,诸葛亮不由微微一笑,果真走进瓜棚,把宝剑高高挂起,随后就轻手轻脚地走出瓜地,回去睡觉了。

第二天早上吃罢早饭,诸葛亮想去瓜地看看,还没走到地边,就见岳父黄承彦已经在那儿了。诸葛亮心里很有些得意,嘴上却说:"看来岳父大人是不放心小婿看瓜啰!"

黄承彦忙应道:"哪里,哪里,贤婿看瓜,老夫岂有不放心之理?"

可是待诸葛亮走到瓜地里一看,不由大吃一惊,只见地里的西瓜被踩得乱七八糟,瓜棚里更是一片狼藉,新被子不知去了哪里,新凉席上满是黏糊糊的瓜汁,半生的西瓜散乱一地,那柄宝剑自然成了切瓜的刀具。

怎么一夜之间瓜地里竟成这般模样?诸葛亮愣住了,一句话也说不出来。

黄承彦看着诸葛亮目瞪口呆的样子,拍手大笑起来,说:"真得感谢贤婿给老夫上了一课。想我黄某,一生行善积德,邻里有难处，我从来都是倾力相助，对庄里人也都是相敬如宾。就说这几亩瓜地，先前摘下的那些西瓜，大多都送给邻里乡亲们分尝，很少上集市去卖，可想不到竟也有泼皮无赖要来祸害于我。贤婿这是告诫老夫，以后切不可好心对待这些泼皮无赖之流。也好，破费几个西瓜，却让老夫买了个教训，真是太值得了！”

诸葛亮哪里还受得住黄承彦这般夸赞，连忙一躬到底，说：“惭愧，惭愧，这是小婿的罪过。小婿本想十五万大军都能被空城计吓退，何况小小几个偷瓜贼，看来兵法只能对付司马懿，因为他是大将军，如果司马懿也是泼皮之辈，那么小婿和将士们的性命只怕早已休矣！”

黄承彦一听，慌忙安慰诸葛亮道：“贤婿不必多说了，区区几个西瓜，能买来你我如此深刻的教训，真可谓小失而多得。值得，值得啊！”

诸葛亮于是便对黄承彦拱手说：“小婿这回是想出来走走，散散心，所以不敢久留。眼下正是征战的好时机，如蜀不攻魏，魏也必然会来犯蜀，我想明天一早就启程回汉中，还望岳父大人应允。”

黄承彦一听，连连点头：“大丈夫不能为亲情而误天下事，你们能回来看看，我就高兴不已了，贤婿要回汉中，老夫焉敢阻挡？”

于是第二天清早，诸葛亮和夫人就搭乘驿车回汉中去了。

诸葛亮的这段轶事，罗贯中无从知晓，所以他的《三国志通俗演义》里自然也就没了这个小故事。

（郭洪才　搜集整理）

（题图：俞耀庭）

# 真假叶水心

　　南宋宁宗年间,韩侂胄被封为平原郡王,官升太师,权重朝野。韩侂胄最大的嗜好就是招揽天下的文人名士,当时南京有个叫叶水心的文人,才华横溢,名扬天下,深得韩侂胄的器重,两人经常在一起谈天说地。

　　有天,韩侂胄正和叶水心在书房闲谈,门官进来禀报:"太师,有人求见。"说着,把一张名片递上来。

　　韩侂胄接过名片一看,怔住了,他抬头看看叶水心,微微一笑,对门官说:"有请。"

　　不多时,门官领着一个人走进屋来,韩侂胄上下打量,只见来人年纪轻轻,虽然只穿着一袭破旧青衫,却显得气宇轩昂。

　　来人向韩侂胄施礼道:"在下叶水心参见太师。"

坐在旁边的叶水心不由大吃一惊：这小子胆子也太大了，居然敢冒我的名字跑到太师府来行骗？哼，待会儿让你吃不了兜着走。

韩侂胄不动声色，让手下给来人搬过一把椅子，来人也不推辞，大模大样地就坐了下来。

韩侂胄装作若无其事的样子，故意提起几篇叶水心早年中进士时写的文章，想借此揭穿对方。可出人意料的是，这位假叶水心竟与韩侂胄对答如流，最后还不慌不忙地说："老太师，这不过是晚生以前的旧作，其中多有不妥之处，所以现在晚生对此又作了一番修改。"他接着便把修改的地方说了一遍，这让旁边的叶水心备感惊奇，说实话，文章被这么一改，的确比原来高明了许多。

韩侂胄还想试探一下对方，就又让下人拿来一些古书和古画，请他在上面题字。韩侂胄本以为这一定会难倒对方，可谁知他却欣然应允，从容地提起笔，不假思索就大模大样地在书画上题写起来。

这一来，叶水心坐不住了。

韩侂胄一看，忍不住对此人拍案道："你手段虽然高明，可终究是假的。"他指指坐在一边的叶水心说，"我告诉你，今天也是巧了，这位才是真正的叶先生！"

谁知来人闻言却一点也不惊慌，对韩侂胄冷冷道："叶先生这样的文人，当今天下车载斗量，有什么好稀罕？但话又说回来，虽说英雄不问出处，可我一个无名之辈，今天如果不冒充叶先生，老太师您又如何肯见我？"

他这番话，说得韩侂胄面红耳赤，顿时就愣在了那里……

（杨全勇）

**（题图：俞耀庭）**

一榜九进士

　　早先,江南芜州城里人才济济:六次省考,有三人曾中得第一名;京城会考,有九人竟同时中了进士。会考三年一次,每次只取一二百个进士,芜州能一举考中九个,真是不得了。城中孔庙边的牌坊上刻着一副对联,"六科三解元,一榜九进士",说的就是这事儿。

　　说起来,这还是在清代乾隆年间,这年京城会考,乾隆皇帝降下圣旨,命秦蕙田为主考大臣。秦蕙田是芜州人,芜州考生得知后个个心花怒放,他们去找秦家女婿,说:"这下好了,主考大人是你老丈人,你是不是赶紧去一趟京城打听打听,好让我们沾点光。"

　　秦家女婿却连连摇头:"你们不晓得我老丈人的脾气,他办事一向丁是丁、卯是卯，我可不敢去找他，弄不好反要被他骂一顿哩。"

可大家心不甘呀，围着他七嘴八舌好一阵劝，秦家女婿最后到底被说动了，于是拾掇拾掇就上了京城，一路辛劳不说，到京城后也顾不上歇歇，就去拜见岳父大人。

秦蕙田正在洗漱，见女婿突然登门，不觉惊讶："你这会儿来京城，有什么事？"

女婿答："小婿为功名而来。"

"哦？"秦蕙田以为女婿是赶考来的，很高兴，就鼓励说，"好男儿是该有志向，现今离考期已近，你用心攻读，功名可望。"

谁想他女婿却叹口气说："唉，岳父大人，诗似海、文如山，叫我从何下手？既然这次您主考，可否给小婿指点一二？"

秦蕙田一听，顿时火冒三丈："连诗文都不愿读，就想得功名？"他把洗脸巾一抛，端起铜盆，将一盆子洗脸水"哗"一声朝院里倒去，说："你抬头看看吧，天上的鸟儿都飞回去了，你还不赶快回去准备？"

女婿被他骂得耳朵根都红了，想想无门可探，第二天就只好回了芜州。

秦家女婿刚回到家里，那些考生就一个个上门探消息来了，秦家女婿直埋怨："都是你们出的馊主意，害我被老岳丈骂了一顿。"

那些人一听没戏，都泄了气。

不过，也有几个不甘心的，便追着他问："打是疼、骂是爱，他是怎么骂你的？难道真一点底都没漏出来？"

秦家女婿被问急了，就将他去京城的前后经过详详细细讲了一遍，连秦蕙田如何抛洗脸巾、倒洗脸水，甚至叫他看天上飞鸟的细节，都一五一十讲了。

有位考生一听，突然一拍大腿说："有门道，有门道了！"

众人问："什么门道?"

那考生说："你们想,'天上的鸟儿都飞回去了',这不是《诗经》里'鸢飞戾天'的谜底吗?"

这一说,众人个个眉开眼笑,于是就都据此回去准备。

几个月后,各地考生陆续到京,开考那天,考生们进场一看试题,果真是"鸢飞戾天"四个字,这可真是"芝麻掉进针眼里——巧啦",这年发榜,芜州一地竟有九名考生同时中了进士。

这一来,那些落榜的考生可不服气了,几个和秦蕙田不和的大臣就到乾隆皇帝面前告秦蕙田的状,说他营私舞弊,要拉乡党,乾隆皇帝于是就派钦差到芜州私行察访。秦蕙田得知消息,马上修书一封,派心腹之人日夜兼程赶往芜州,送交县令。

钦差还没到芜州,县令已接到秦蕙田手书。县令心想:一榜九进士,自己脸上也光彩,万一真要被查出什么,自己自然要连带着倒霉。于是立即召来师爷商量,连夜命手下编印小册子,第二天一早送到全城百姓手中,不论男女长幼,人手一册。

再说钦差的船沿运河一路过来,闻听岸上不时有读书声飘过,钦差透过船窗朝岸上望去,见那些放牛郎一个个骑在牛背上,手里捧着小册子,正在大声朗读。钦差耳朵里听着,眼睛里看着,心里不免起疑:会不会是芜州人听到风声,故意做样子给我看?

钦差正寻思着,这时候船靠上了埠头,钦差于是立刻带着随从上岸,走街串巷察访起来,有时候也走进街边的茶馆,坐下饮一杯酒,喝一口茶,可不管在哪儿,他都能听到琅琅的读书声,那些挑葱卖菜的、跑堂泡茶的,不管是老的少的还是男的女的,人人身上都揣着小册子,一有空就拿出来念。钦差察访了一天,看到的都是同样的景象,他心里非常惊讶。

天黑时候,刮起了大风,不多会儿天上就下起雨来,钦差赶紧回到船上。吃罢晚饭,他躺在船舱里翻来覆去睡不着,老想着白天见到的情景,这时候,他耳边突然传来一阵读书声,仔细一听,声音是从埠头旁的豆腐坊里传出来的,钦差躺不住了,一骨碌爬起来,上岸朝豆腐坊走去。

此刻,豆腐坊里只有母女两人,正在磨豆腐,钦差问她们:"你们一边磨豆腐,一边还要读书,这有什么乐趣呢?"

母亲说:"念书磨豆腐,省力不觉苦啊!"

钦差又问:"这小册子是官府发的,还是你们自己买的?"

女儿说:"官府发的,自家念的。"

钦差不禁追问道:"念了可会做诗?"

母女俩笑了:"做诗不会,对对子还马马虎虎。"

钦差一听,不由来了兴趣:"那好,我出个对子,你们对对。"他眼珠一转,随口念出上联:"雨水打篷,风送岸上读书声。"

母亲一听,连忙对道:"豆腐磨眼,水冲脐下白石浆。"

钦差不觉点头,又出一上联:"风声雨声读书声,声声入耳。"

女儿一听,眼也不眨,立即对道:"推磨拉磨手拗磨,磨磨出浆。"

钦差心里很是佩服:连豆腐坊里的母女都有这么好的文才,看来这里的读书风气不是假的。有这么好的风气,一榜九进士自然也是理所当然的了……

第二天,钦差就回京复命去了。乾隆皇帝听了钦差的察访结果,心里十分高兴,马上下圣旨嘉奖芜州县令,还钦赐对联一副:六科三解元,一榜九进士。

(王金中)

(**题图**:俞耀庭)

# 乾隆赌气

　　清代康熙、雍正和乾隆这祖孙三代做皇帝时,天下太平,国家富强,人们把这段时间统称为"康雍乾盛世",或"康乾盛世"。

　　这段时期,除了皇帝明白外,朝廷还有许多有眼光、有志向的大臣辅佐,比如刘统勋就是雍正朝的名臣,有学问,人品又好,很得信任。不过虽然如此,雍正还是时不时地要对他进行考试。

　　有这么一天,正是科考前夕,雍正正要任命刘统勋当主考官,忽然心想:我何不先考他一回? 看他到底眼光如何。主意一定,雍正就找来一个宫女,叫她写一篇文章。这宫女的父亲是个学究,宫女从小饱受熏陶,诗词歌赋无一不精,进宫后雍正常让她吟诗作赋,每每都叹息:"可惜是个女子啊!"

　　这回宫女写好文章,雍正看了一遍,然后自己字斟句酌地也写了一篇，为怕被刘统勋看出，他让太监又重新抄了一遍。

　　两篇文章都没有署名，雍正把它们拿给刘统勋看，还说："有人向朕推荐这两个人，你把他们写的文章好好拿回去看看。"

　　刘统勋接过文章拿回家，当晚就挑灯夜读起来。

　　第二天上朝，刘统勋向雍正禀报："启禀万岁，两篇文章臣已经读了，若论文采，都在臣之上，可谓字字珠玑啊！"

　　雍正一听，心里甭提有多高兴了，因为那里边有一篇是他写的呀，谁不爱听好话呢。可谁知，刘统勋接下去说的话就叫雍正倒吸了一口凉气。刘统勋说："不过，从文章看，这两个人虽然有才，但是都不能任用，尤其其中一个，最好尽快把他除掉，否则就是我清朝大患啊！"

　　雍正愣住了："你说说，到底是怎么回事？"

　　刘统勋指指宫女写的文章，说："这篇虽然通顺，但是眼界不开阔，说的多是身边琐事，而且脂粉气太重。此人持家绝不会错，若是在朝为官嘛，恐怕难成大事。"

　　雍正心里暗暗吃惊，嘴上却道："你说的有理，朕也有同感。那另一篇呢？"

　　刘统勋沉吟了一下，说："这篇正好相反，眼界开阔，言之凿凿，足以顾及四海，而且有治理天下成为尧舜的志向。如果此人生在乱世，倒是不可一世的英雄，可如今乃太平盛世，臣认为此人万不可留，否则必将其养虎成患。"

　　雍正两眼瞪着刘统勋："有这么厉害？"

　　刘统勋说："此人只是字写得弱些，不然的话，恐怕早就不安稳而有所动作了。"

　　雍正一听，心里不住地感慨：这个刘统勋，果然厉害啊！

　　后来，雍正把这事儿对儿子弘历说了好几回，着实把刘统勋夸了个底儿掉。可弘历心里很不服气，心想：有一天我要是当了皇帝，非给这家伙出道难题，让他考出一身汗来。

过了若干年,弘历真的当了皇帝,就是历史上的乾隆,不过这时候刘统勋也算是两朝重臣,乾隆不忍心为难他。正好刘统勋的儿子刘墉也入朝做官来了,乾隆心里便有了主意:自古父债子还,我就难为难为你儿子吧。

乾隆心里不住地拨拉算盘珠子,可刘墉却蒙在鼓里,哪里会料到皇帝是为他老爷子的事情在跟他赌气呢?

这天处理完朝事,乾隆把刘墉叫来问:"爱卿,听说你很有诗才,朕一直没有领教,今天闲着没事,你就以你自己的身材为题,做一首诗怎么样啊?"

乾隆这可真是给刘墉出了难题。怎么说?刘墉虽然才华出众,可他那模样却实在不敢恭维,前鸡胸后罗锅,要不怎么有外号"刘罗锅"呢?这还不算,刘墉还一只眼睛大一只眼睛小,一条腿还有点儿跛,大概是得过小儿麻痹症。所以乾隆这道题可就难为他了:把自己说得好,那明摆着有违事实;可要如实说,又有损大清朝的官员形象,自己也难堪啊。

乾隆稳稳当当地坐在龙椅上,等着看刘墉的笑话,那些平时和刘墉不睦的大臣,也都想借机出他的洋相。可刘墉神色却十分坦然,只见他不慌不忙地清清嗓子,嘴一张,就吟出一首诗来:

背驮负乾坤,胸高满经纶,一眼辨忠奸,单腿跳龙门。
丹心扶社稷,涂脑谢龙恩,取人不以貌,真是圣德君。

乾隆一听,刘墉这诗不但掩盖了他自个儿的身材缺陷,还和江山社稷联系起来,最后把他这个皇帝也给捎上了。他不由发自内心地连声夸奖:"好诗,好诗啊!"立刻赏刘墉黄金百两。乾隆是明白人,要不这么做,他自己怎么下台阶呀?

不过,乾隆没有死心,一有机会总给刘墉出难题。

有一回,乾隆和刘墉两人微服出宫,来到熙熙攘攘的集市上,看见有卖糖莲子的,乾隆禁不住口水上来了,就让刘墉去买了点儿。走着走着,又看见一个卖梨的,刘墉脱口道:"这黄澄澄的梨儿,看样子一定很甜。"乾隆于是就让刘墉去买了两个。

两人又往前走,看到一个妇人坐在地上,旁边还有一个小男孩,头上插着根稻草,面前放着块破布,上面写满了密密麻麻的字。乾隆凑上去细细一看,才知道这妇人原来是个寡妇,公婆又有病,万般无奈之下她只好贱卖自己的亲生儿子。

看到自己治理的天下竟然还有如此遭难之事,乾隆心里很不是滋味,他让刘墉拿银子给妇人,说:"孩子别卖了,你赶快回去吧,用这银子去请医生给老人看病。"

妇人接过银子,千恩万谢地正要走,乾隆又从刘墉手里抓过一把莲子给妇人,说:"莲子心里苦啊!"

这话妇人听着没什么,莲子有莲心,本来就是苦的,可刘墉却听出弦外之音来了:乾隆表面说莲子,实际意思是"怜子",母亲可怜儿子,心里有说不出的苦。一语双关,分明是在考我啊!

刘墉立刻把刚买的两个梨递一个给妇人,说:"梨儿腹内酸啊!"他回答得也真巧妙,表面说梨儿外边甜,梨核酸,实际意思却是"离儿",离开儿子,做母亲的当然心里酸酸的了。

一看难不倒刘墉,乾隆自然没话说。扭头往回走的时候,他瞥见一个卖柿子的,那青青的柿子看样子挺涩,他让刘墉买了一个,拿过来往自己袖笼里一揣,就顾自朝前走。

回到宫里,乾隆马上召集大臣上殿,说:"今天刘爱卿陪朕上街,非常辛苦,朕赏他两个梨,他送了一个给贫苦的妇人,可见心地是何等的善良。他还剩了个梨,我这里正好还有个柿子,现在我把柿子赏给他,让他把这柿子和梨一起吃了。"

要说乾隆这一招,又够难为刘墉的。你想啊,就算那黄澄澄的梨好吃,那青柿子涩嘴啊!可既然是皇帝所赐,刘墉不能不吃,估计这吃的模样一定难看,于是就有大臣在肚子里暗笑:刘墉啊刘墉,这回你可要当众出丑啦!

嘿嘿,刘墉就是刘墉,什么应对的办法想不出来? 只见他不慌不忙从乾隆手里接过柿子,把它递给排头的大臣,说:"万岁所赐,不敢独享,你们每人一口,可不要辜负圣上的恩宠啊!"

刘墉这一说,大臣们谁敢不吃,只得一人一口硬着头皮吃,个个涩得龇牙咧嘴,难受劲儿大了。而刘墉呢,他自己却在一边津津有味地吃梨,一口一个甜。

等大臣们把柿子吃完,刘墉也抹抹嘴,把梨核往袖笼里一塞,说要带回去熬汤喝。乾隆虽然一肚子不高兴,可表面上还得不动声色:"刘爱卿,你为什么自己吃梨,把柿子分给大家呢?"

这又是一道难题,答好了什么事没有,答不好就得治罪。要是为这个事情治刘墉,保险一个为他讲情的大臣都没有,因为现在他们满嘴都是苦苦的涩味儿呢。

可是,这又如何难得倒刘墉? 刘墉给乾隆行了一个大礼,说:"万岁,柿子是吉祥物,民间百姓每逢节日都要吃柿子,取一个'事事如意'的意思。这么好的事儿,又是万岁所赐,我怎能一人独享,自然要让大家一起来吃,分享圣恩,让大家事事如意啊!"

大臣们可都精明着哩,一听刘墉这话,赶紧"扑通、扑通"往地上跪,齐声喊:"谢万岁龙恩!"

乾隆没了辙,只好让众臣平身,转而又问刘墉:"可那梨,你怎么却一个人吃了呢?"

刘墉说:"'梨'和'离'同音,我要是也让大家分着吃梨,那就表示大家彼此要分离,那怎么可以? 我们应该一起为陛下分忧才是呢!"

乾隆一听刘墉这话,当即站起身来:"刘爱卿,朕算是彻底服了你了!"

(崔　陟)

**(题图:黄全昌)**

# 明 途 正 道

　　人生在世,终日奔波劳苦,难免有一丝杂念。是否能始终坚守正道,便是君子和凡人的区别了。

# 天外天

　　早年间,京城有一家名为"天外天"的酒楼,生意非常红火,每天从早到晚门口都是车水马龙,达官贵人进进出出,就连靖王爷也是这里的常客。

　　酒楼店主是一对夫妇,丈夫叫张贵,长得一表人才,夫人名翠仙,人送外号"半边仙"。夫人为何得此怪名?原来,翠仙右脸疤痕累累,左脸却是人面桃花,"半边仙"指的就是她的左脸。不过尽管翠仙长相如此诡异,张贵对她却疼爱有加。

　　张贵开着这家酒楼也算是家财万贯了,可他却从来不赌不嫖,只爱沏上一壶好茶,坐在戏园子里听戏儿。张贵最爱看的就是那个小生演的戏,这小生不但相貌俊朗,演技也十分了得,张贵常在戏后约他出来小聚,一来二去的,两人就成了知己。

这天,小生约张贵去家中把酒言欢,张贵不胜酒力,喝到半醉半醒时,对小生说:"你我相交甚久,可我还不知贤弟尊姓大名哪!"

小生立刻回道:"我叫如花。"

张贵听了大笑:"贤弟怎么取了个女儿名字?"

张贵当是小生在开玩笑,一阵酒意袭来,便在榻上沉沉睡去,可醒来后却大惊失色,原来他发现自己正搂着一个风华绝代的女子,而这女子不是别人,就是自称"如花"的小生。

这一来,张贵真是后悔不已。

但张贵是个重义之人,觉得既然自己已经做下此事,就不能始乱终弃,于是便回家和翠仙商量,想讨小生为二夫人。翠仙闻言如雷轰顶,但见木已成舟,只得含泪答应。如花人很乖巧,进门后对翠仙一口一声"姐姐",彼此倒也相安无事,张贵看在眼里,喜在心头。

却说张贵每年都要去各地采购土特产,这一年也不例外,临行前,他便把"天外天"的账目交给翠仙管理。

这天,翠仙在柜头上盘账,发现账本上的银两数和实际银两出入很大,便叫来账房先生问是怎么回事。账房先生只好如实回答,说:"这都是二夫人取走的银两,她常来取,我哪敢多言?"

翠仙听了,心里不由暗自思量:如花开销如此之大,莫非碰到了什么急难之事?于是嘱咐账房先生:"以后二夫人再来取,你照旧给她,但事后必须立刻告诉我。"

可谁知账房先生走了没多久,突然又匆匆跑回来,心急火燎地对翠仙说:"大夫人,不好了!"

翠仙问:"怎么啦?"

账房先生说:"刚才二夫人又取走了三百两银子。"

"她人呢?"

"刚刚出门。"

　　翠仙急了，叫上账房先生就追出门去，果然看见前面不远处闪过如花的背影，就连忙跟了上去。只见如花七拐八弯后，竟踏进了京城那家最大的赌馆，翠仙让账房先生进去打探，过了很久，账房先生才出来对翠仙说："大夫人，二夫人在里面赌钱，已经快要输光了。"

　　如花竟有如此恶习？翠仙心里真是又恨又急。晚上，如花回来，翠仙也不绕弯子了，直截了当地对她好言相劝，要她好自为之。没想如花竟把脸一沉，说："我输我相公的钱，与姐姐有何相干？"

　　翠仙没料如花竟如此答话，顿时勃然大怒，立刻唤来账房先生，吩咐以后若没有她点头，不准再给如花一两银子。果然，如花第二天再去找账房先生，无论说多少好话，账房先生也不理她了。这一来，如花就对翠仙恨之入骨，总想着要对付她的法子。

　　也是祸不单行，就在此时，酒楼主厨阿水突然来找翠仙，说他辞职不干了，想回老家去。平时酒楼里最拿手的招牌菜都是阿水做的，他这一走，酒楼生意不就要塌了？翠仙目瞪口呆地望着阿水，心里真是又惊又急。后来，还是账房先生好言相劝，阿水才答应留下来等张贵回来再说。

　　过了几天，张贵差人送信来，说这天下午即可到家，如花自告奋勇要去码头上接，翠仙想想酒楼里还有一大堆事要打理，于是就让她去了。

　　却说打扮得花枝招展的如花去码头接到张贵后，并不直接回家，而是拉他去茶楼喝茶，还说等会儿要陪他去戏院看出好戏。张贵久日在外，一听有好戏看，自然喜出望外。

　　这顿茶一直喝到月上西楼，随后，如花就拉着张贵穿街走巷，最后在一户人家门前停下了脚步。她拉着张贵隐在暗处，悄声道："相公，到了！"

　　张贵一看，不禁哑然失笑："开什么玩笑，这不是阿水家吗？"

正说着话,就见有个女子翩然而至,在那家门口一阵左顾右盼,张贵一看,差点儿喊出声来:这不是翠仙吗?

只见翠仙轻叩门环,门立即开了一条缝,露出阿水半个脑袋,阿水嘻嘻笑着把翠仙迎进门,然后"通"的一声就要关上。

看着眼前这一幕,张贵哪里还忍得住,大喝一声"慢",冲上去一脚就把门踹了开来,不由分说上去就给阿水和翠花一人一个耳光。阿水跪在地上吓得瑟瑟发抖,翠仙却是满脸惊愕。

张贵抡起拳头要痛打阿水,却被翠仙一把拉住了:"相公,你听我说好吗?"

张贵喝道:"你这贱人,长得三分像人、七分像鬼,还居然做出这等不知羞耻的事来,哼,我今天休了你也罢!"

他又转向阿水:"你这个忘恩负义的家伙,我要把你送到官府去治罪!"

阿水一听,朝张贵磕头不止:"老爷,这不关小的事,是夫人主动的,小的一时受了诱惑,请老爷饶命。"

翠仙一听傻了眼,冲着阿水就嚷:"不是你说的吗?你要辞职,临走前教会我做几个招牌菜,白天人多眼杂怕泄露秘密,约我晚上来你家的吗?"

可翠仙这话刚落音,如花就在旁边冷笑道:"姐姐,这地方你不是天天晚上都来的吗?"

张贵闻听真是气不打一处来,拔出拳头又捅了上去:"你这个贱人,我看你还狡辩?"说罢,又一脚朝翠仙踹去。

只听翠仙"啊"地惨叫一声,立刻昏了过去,待醒来时,她身边只剩下张贵一纸冷冰冰的休书和自己流了一地的血,阿水早已不知去了哪里。翠仙摸着自己的肚子真是心如刀绞:"我苦命的孩子啊!"她硬撑起身子从地上爬起来,踉踉跄跄地朝街上走去……

再说张贵,自打休了翠仙后,他把酒楼所有的账目都交给如花看管,这下如花可是"老鼠掉进了米缸"里,想怎么花就怎么花,账房先生敢怒不敢言。

前面说到,天外天酒楼的来客非同寻常,其中最显赫的莫过于靖王爷。这个靖王爷可不是别人,他是皇上的亲弟弟,年轻时干过不少荒唐事,名声不太好,后来不知为何事竟大彻大悟起来,简直像换了个人似的。更让人不解的是,他每次来酒楼,都只点一碗白玉翡翠汤,独自坐在那里,品上老半天。

这天,靖王爷又来酒楼了,还是只点了一碗白玉翡翠汤。往日,这碗汤都是由翠仙亲手端给靖王爷的,张贵因为正好有笔生意要照应,赶着出去,于是就特意吩咐让如花给靖王爷端了去。

如花还是第一次见靖王爷,发现靖王爷竟如此风流倜傥,就忍不住多看了几眼。而靖王爷呢,看眼前这个女子走起路来风吹杨柳,眉目含春,不由皱起了眉头,便问:"翠仙呢?"

如花嘴一撇:"她与厨子私通,被我相公休了。"

"什么? 你相公?"靖王爷愣住了,沉着脸又问,"他人呢?"

如花媚眼一飞,说:"刚刚出去。王爷有什么吩咐,与我说也罢。"

靖王爷立刻"呼"一声站起身来,怒气冲冲道:"你叫他明天来见我。"说完,拂袖而去。

张贵回来后听如花把前后事儿一说,着实猜不透靖王爷为什么会发这么大的火,吓得一夜没睡,第二天一早就往王府赶。

来到王府,张贵倒地参见靖王爷。

靖王爷一脸怒容:"张贵,你说本王比你如何?"

张贵被靖王爷这话问得一头雾水,嘴里连连道:"小人岂敢与王爷比?"

靖王爷冷笑一声,说:"可是,就有人觉得我不如你。你还记得本王曾是个游戏风尘的京城恶少吗?"

靖王爷当初的恶名,张贵哪会没听说过? 但他不敢吱声。

靖王爷说:"那时我终日在烟花柳巷中寻欢,后来有一次去你酒楼喝酒,又一眼看上了翠仙,她那时美若天仙,只要她点头,我可以给她一生的荣华富贵,可她却毫不动心,反而劝我当以国事为重。那天你正好有事不在酒楼,我见她不从,一怒之下就说,等你回来将赐你一死,她这时就突然说要亲手为我做一碗白玉翡翠汤,进厨房片刻后,她就端着汤出来了,可刚走到厨房门口就摔倒在地上,半边脸被热汤和摔碎了的碗片给扎得鲜血直流。我看着真是心疼不已,忍不住要去扶她,她却闪避说她已经破了相,求我放了她和你,要我以后一定做个万民爱戴的王爷。我这才恍然大悟,明白她这一跤是故意摔的。"

靖王爷说到这里,眼中不由落下两行清泪:"这么一个三贞九烈的女子,会和一个厨子私通吗?"

张贵伏在地上,哪里还敢抬头面对靖王爷?

靖王爷说:"昨天离开酒楼,我已经派人去把阿水找到并带来了,他交代说,那天你看到的一切,都是如花所设。"

"是如花干的?"张贵惊讶得张大了嘴巴,半天没合拢。

靖王爷点点头,说:"确实是如花所为。我把赌馆老板也带来问过,他给我出示了一张你们酒楼的房契,上面明明白白写着,如花若是赌输,这房契就押给了赌馆。"

张贵这下总算清醒过来,恳请靖王爷降罪。

靖王爷叹了口气,说:"依我本意,真想狠狠惩罚你这个不明事理的混账家伙,可想起翠仙当年舍家舍命为了你,我想还是作罢了。你现在快快给我起来,赶紧去找回翠仙吧!"

张贵一听,连连磕头谢过靖王爷,然后就踏上了寻妻之路。

张贵分析翠仙离开酒楼后最大的可能就是回了杭州府娘家,于是一路风餐露宿就往杭州赶。好不容易来到杭州城头,见路边有个"翠仙面馆",他心头一酸,想当初和翠仙开的面馆起的也是这个名儿,不由自主就走了进去。

张贵要了一碗面,先尝口汤,又不由泪如雨下。为啥?这面汤的味道只有翠仙才煮得出来,因为翠仙在汤料里加了荷叶,所以喝起来感觉特别爽口。张贵忍不住把筷子一放,一个箭步冲进后面的灶房,果然看见一个熟悉纤细的背影,他"扑通"一声跪了下来:"翠仙,我给你赔罪了!"

谁知那背影缓缓转过身来,张贵定睛一看,她不是翠仙,而是翠仙娘家的贴身丫环杏儿。

杏儿满面泪痕地对张贵说:"老爷,你来晚了,小姐已经走了。"

张贵愣住了:"翠仙去哪儿了?"

杏儿哽咽道:"小姐和老爷已是阴阳两隔了。"

原来,翠仙本是杭州知府之女,当初和张贵是私订终身,因家人反对,翠仙便毅然放弃荣华富贵和张贵一起私奔京城,先是开了个面馆,赚钱以后,又顶了个小酒馆,直到生意做大后,才买地皮盖起了酒楼。杏儿那天替翠仙母亲出来买东西,看见翠仙昏倒在门口,忙把她背进府里,父母虽然生翠仙的气,但毕竟是亲骨肉,于是便请城里最好的医生给翠仙治病,可惜此番已经回天乏术。

张贵惊问:"为什么会这样?翠仙不是一向身体很好的吗?"

杏儿显然被张贵这话激怒了,指着他的鼻子说:"相爷还问为什么,小姐就是被相爷你那一脚给踢的,母子双亡啊!"

"什么?翠仙怀了孩子?"

"是的,小姐闭眼之前把一切都告诉了我,还教给我煮面的秘诀,让我开这家面馆,在这里等你……"

张贵闻听后不禁仰天长啸:"翠仙,我的好夫人,我陪你来了——"他嘴里喊着,一头就往墙上撞去……

(徐芬芬)

(题图:黄全昌)

# 太公出题

　　没想到，一棵桃树还能引出一段治国安邦的大道理来。

　　话说刘邦得了天下以后，这天，他宴请老丈人吕太公，并把所有皇子都叫来作陪。

　　席间，太公出去方便，发现花园里到处是咬了一口就丢了的点心或果子，茅厕里竟然还有一张擦过屁股的面饼，他料想这是皇子们做下的事，不由连连皱眉。

　　回到席上，太公对刘邦说："今日席上之物，都是天下奇珍，只可惜有一样东西，皇上却吃不到。"

　　刘邦一听，不觉来了兴趣："哦？天下居然还有寡人吃不到的东西？那是什么？"

　　皇子们也一个个支起了耳朵。

太公说:"咱老家沛县的鲜桃。"

刘邦一想:对呀,从沛县到京城,两地相隔数千里,途中还多山多水,就算三十里一换马昼夜不停地赶,最快路上也得四天,可桃熟三日即烂,还不能磕着碰着,所以在京城要想再吃到老家的鲜桃,还真难办。想到这里,刘邦不觉连连点头:"还真是,想不到朕有了天下,反倒连家乡的鲜桃都吃不上了。"

说者无心,听者有意,几个皇子于是就互相嘀咕起来。到宴席结束时,太子刘盈就说:"儿臣不才,想于半月后还席,还请父皇和太公赏脸。"刘邦和太公自然点头答应。

半月之后,刘邦和太公如期赴宴,皇子们也早早就来作陪。刘盈轻轻一拍手,只见家仆们抬着一个直径四米的大盘子走了出来,刘邦和太公一看,盘里竟放了一整棵桃树,上面的桃子密密压压,个个白里透红,红里透香,片片树叶儿鲜活,连个打卷的都没有。

刘盈说:"这是儿臣特地去老家运来的,请父皇和太公尝尝。"

刘邦迫不及待地拿过一个桃来就咬,哇,果真是一股久违了的鲜桃味儿啊,他高兴得哈哈大笑起来。

太公也在一旁赞道:"皇子们这份孝心真是难得,陛下还不快快重赏他们?"

刘邦于是立刻吩咐,赏皇子们每人黄金千两、锦缎百匹。

这酒一直吃到掌灯时分才散,临走,刘邦吩咐皇子们:"把这棵桃树栽起来,明年就还有桃吃。"

可谁知待刘邦一走,太公竟冷不防抽过卫士的佩刀,只一挥手就把桃树拦腰砍成了两截。

皇子们顿时大惊失色:皇上刚才还特地吩咐要将这棵树栽上的啊,被太公这么一砍,还怎么栽?

太公把手一招,对皇子们说:"你们过来看看就知道了。"

皇子们上去一看，只见树截面的树心黑如木炭，只轻轻一抠，就能抠下一块来。皇子们一个个都惊呆了："怎么会这样？"

太公说："不止树心黑了，连树根也烂了。"他让家仆用水把树根上的土冲去，待再看时，果然，树根全烂了。

太公捻须道："这树你们是从水路运来的，一路上不停地浇水，我说的可对？"

皇子们纷纷点头。

太公沉吟着，一语双关道："刨树难免伤根，伤根则养分不够。你们一路浇水，可这树却无知，还以为养分充足，可着劲儿疯长，结果就是储备用光，元气耗尽，心黑根烂，神仙也救不活它。"

皇子们岂能听不出太公这是在说他们？可这些人平时都骄纵惯了，哪里服气，拧着脖子狡辩："救不活怕什么？咱老家桃树多得是，再运一千棵来也不碍事。"

太公闻听此言，立刻把脸一沉，说："老家到京城，这一路都是逆水，光是运这一棵树，给你们拉过纤的民夫就不下千人吧？"

皇子们这才发现，其实他们做的什么事情都瞒不过这老头儿。他们知道，父皇平时最恨他们扰民，如果知道一棵桃树要花这么大代价运到京城，只怕赏他们的就不会是百匹锦缎，而是百下皮鞭了。想到这儿，皇子们吓得脸都白了，赶紧跪下向太公认错。

太公于是把话锋一转，说："你们不远千里把桃给皇上运来，孝心自然可嘉。我看这桃树尽管心黑了，根烂了，可桃枝还有用，不如你们每人折几枝去，试试把它嫁接在本地的桃树上，要是能成活，你们的父皇不是明年就可以继续吃这桃了吗？"

皇子们觉得太公说得有理，于是纷纷折下桃枝，回去后花重金请巧匠嫁接。可谁知这些被嫁接了的桃树，后来竟没有一棵能成活，皇子们又不敢扰民再运，于是第二年只好寄希望于刘邦将吃桃之事忘了。没想皇子们越是希望刘邦忘了,刘邦却偏偏记得个清楚,第二年一到摘桃时节,他就嚷嚷着要吃老家的鲜桃。

最后没办法,三皇子刘恒出来对刘邦说:"父皇,那棵桃树水土不服,今年只结了两个桃。"他说着,就把手里的两个桃捧了上来。

刘邦和太公一尝,虽然味道打了折扣,但还过得去,皇子们这才松了一口气。

待刘邦一走,太公问刘恒:"不是说你们拿回去的桃枝都没有接活,你这两个桃又从何而来?"

刘恒说:"他们当初都是拿回去就把桃枝嫁接了,而我是先把它埋在土里,直到今年春天才接上的。"

太公一听,追着问:"你怎么想到要这么做的呢?"

刘恒说:"我听了太公的教诲,知道这些桃枝以前靠着老树奢侈骄纵,不知世事艰辛,猛然被折了接到别的树上,一定很不习惯,所以就把它先埋在土里,让它过一段苦日子,到了今年春天再接时,这桃枝已经习惯了在土里熬命,这时候再把它接到别的树上,它反而会觉得幸福无比,加上春天是万物萌发的好时机,所以它就容易活下来开花结果。"

听了刘恒这番话,太公不觉连连点头:"孺子可教,今后必能成大器也!"

果然,刘恒后来一直把自己当成桃枝,主动要求到偏远的边疆去锻炼,体察民情,也从而躲过吕氏之乱,即位成为孝文帝,开创了历史上有名的"文景之治"。

(张东兴)

(**题图**:黄全昌)

# 祭 刀

唐朝末年，苛捐杂税多如牛毛，百姓苦不堪言。

这年秋天，山东曹州有个叫黄巢的人决定聚众造反，消息传开，四里八乡的百姓纷纷起来响应。曹州城外十几里处，设在井泉寺的义军大营里很快就聚集了几千人，他们决定农历八月十五升旗祭刀，攻下曹州。

井泉寺的住持和尚卞吕见百姓蜂拥而至，心中却惶惶不安起来。为啥？这卞吕自从当上寺里的住持后，放着好端端的经不念，专门寻思着干坏事，他巴结曹州知府，天天为非作歹，奸淫入寺烧香的女子，当地百姓早就对他恨之入骨，骂他"卞驴"了。

现在，卞吕见百姓们杀气腾腾地聚集在一起，怕他们将他也一起收拾了，脑子一转，于是就主动去义军大营声明"世道黑暗，造反有理"，为显示诚意，还把寺里的粮物全部捐出来，供义军使用。

八月十四这一天，黄巢与部下商量第二天祭刀的事。当时有个规矩，高升义旗时必先祭刀，祭刀是讨吉利，意味着旗开得胜。用什么来祭刀呢？大家商量来商量去，都觉得用卞吕的人头最合适，杀了他能给大伙儿解气，攻曹州时更来劲儿。

但这一来黄巢就觉得有些为难：杀了卞吕吧，怎么说他也捐了这么多东西出来；可不杀吧，众人又不服，影响士气。怎么办？思来想去，黄巢觉得还是安抚民心重要，所以最后还是答应了大家的要求，用卞吕的人头祭旗。

这天晚上，黄巢特意去卞吕的禅房。

卞吕一见黄巢，连忙热情招待，可是黄巢却板着脸对他说："卞大师，我们起义，你贡献不小，可是你平日坏事做得太多，民愤很大啊！"

卞吕立刻鸡啄米似的点头："贫僧知罪，贫僧以后一定痛改前非。"

黄巢说："义军明日升旗祭刀，只好对不起你了。"

卞吕一听慌了："黄义士手下留情，贫僧再也不敢为非作歹了。"

黄巢不由叹了口气："可是现在说什么也晚啦！我说，你就老老实实等着明天挨刀吧，今晚可千万不能跑了啊！"

卞吕听出黄巢这话的言外之意是让他赶快脚底抹油溜之大吉，于是待黄巢走后，他揣上金银珠宝，抬脚就往寺外走。

谁知卞吕刚走到寺门口，就被义军的岗哨拦住了，言明统帅有令，谁也不许外出。卞吕这下慌了手脚：怎么办？躲没处躲，藏又没处藏，难道眼睁睁地就等着让自己的脑袋落地吗？

正在这时，有个义军头领走过来，把卞吕拉到一边，悄悄对他说："大师，统帅让我给你捎个信……"

　　他如此这般一说，卞吕连连点头。

　　话说第二天早上，只听三声炮响，义旗高升，祭刀仪式正式开始，黄巢手执百斤重的大刀站在义旗下，高声喝令："带卞吕！"

　　谁知这时候手下人却急步跑来报告："大人，不好，卞吕昨晚跑了！"

　　黄巢一愣："什么，跑了？"顿了顿，他说，"一定是这狗贼听到风声了。哼，他跑得了初一跑不了十五，待我们一统天下后，非要抓到他的狗头砍了不可。可是现在……"他说到这儿不由皱起了眉头，"我们如何祭刀呢？"

　　这时候，那个义军头领走上来，指着寺院里一棵两人合抱粗的大树，给黄巢出主意说："统帅，我们不如暂且以树代首，把它砍了？"

　　黄巢一听，当即点头："也罢！"举刀就来了个"横空出世"。

　　只听"咔嚓"一声，一道寒光闪过之后，那大树被拦腰砍成了两截，上面一截轰然倒地。可让大家没想到的是，这时候竟从倒地的那截树中间"骨碌碌"滚出个人头来，这人头不是别人，正是卞吕。

　　"哇——"全场上下一片欢呼。

　　大树因岁月年久，树内已成空洞，这大家能理解，至于卞吕是怎么跑到里面去的，此刻却谁也顾不得去想了。只听黄巢指着卞吕的头直骂："你这个作恶多端的家伙，你这是死有余辜！"

　　义军如此杀卞吕祭刀，这事儿立刻传了开去，而且越传越神乎，大营内外说什么的都有。到底是那个义军头领自己以黄巢名义让卞吕钻进树洞去，还是黄巢事先故意设下的圈套，就不得而知了。

　　　　　　　　　　　　　　　　　　　　　　　　（王海波）

　　　　　　　　　　　　　　　　　　　　　（题图：俞耀庭）

# 祖传秘方

　　明洪武年间,扬州府有个叫白庆喜的商人,经营祖上传下的"十全药膳粥庄"。白家的十全药膳粥根据祖传秘方熬制,清凉滋补,口味独特,名闻大江南北。可是自打白庆喜父亲客死异乡,白庆喜接手粥庄以来,生意就每况愈下。

　　这天,白庆喜正看着空荡荡的店铺发愁,进来一位中年顾客,嚷着要喝粥,可等粥端上来,他只喝一口就放了碗,还不住地摇头。

　　白庆喜忙问:"客官,粥不合您口味?"

　　中年人冷笑道:"这也算老字号的十全药膳粥?"

　　白庆喜听中年人话中有话,忙鞠躬道:"还请先生多多指教。"

　　中年人看看白庆喜,说:"白老板,你如果真想知道原因,就跟我走一趟吧！"

　　白庆喜虽然心中犯疑，但为了粥庄今后的生意，还是跟中年人走了。一直走到城郊一座尼姑庵前，中年人带着白庆喜走进庵里，推开一扇屋门，说："秘方就在里面，你自己进去看吧！"

　　白庆喜狐疑地走了进去，见屋里没什么陈设，只有一个土炕，炕上躺着一位白发苍苍的老太太。白庆喜一看老太太的脸，先是一怔，接着"扑通"一声就跪下了。

　　这时，那中年人也进屋来了，问白庆喜："你认识她？"

　　白庆喜点点头，说："这是鄙人的后母白杨氏，平时有点痴傻，家父不幸病逝后，她受了很大刺激，竟离家出走了。鄙人已经派人寻找多日，你帮我找回她，实在是我白家的大恩人啊！"说罢，磕头便拜。

　　中年人道："鄙人姓陈，走南闯北做点小生意，你就叫我陈老板吧。那天我在城外古道上看到老太太时，她已经奄奄一息，鄙人就把她送来庵里暂养。后来老太太清醒过来，对我说了一些你们白家的事，我才知道她是你府上的人。老太太还说，你用的秘方不正宗，真正的秘方在她身上，你把她接回去，好生赡养吧！"

　　陈老板说罢，告辞而去。白庆喜于是便雇了辆牛车，把老太太拉回家，吩咐仆人好生伺候，他自己也每日向老太太磕头问安，把老太太照顾得无微不至。

　　一晃半年过去了，这半年里，白庆喜曾多次旁敲侧击地询问秘方之事，老太太时而清醒，时而糊涂，可嘴里却始终不提"秘方"二字。白庆喜眼看自己的粥庄生意越来越差，都快要支撑不下去了，这天，他忧心忡忡地回到家中，径直来到老太太房里，支开下人，直截了当地对老太太说："你虽然不是我亲生母亲，但毕竟是白家的人啊，现在咱白家老店经营惨淡，就要撑不下去了，求你看在死去父亲的面上，将十全药膳粥的秘方交给我吧？"

　　老太太似乎听懂了白庆喜的话，她点点头，伸手从怀里摸出一个小布包,递给白庆喜。

白庆喜万没想到秘方得来竟如此容易,不禁喜出望外地接过布包。可当他用颤抖的手一层层将布包打开看时,却傻眼了:布包里面竟是半个硬得像石头的窝窝头。

白庆喜感觉自己被戏弄了,气得把窝窝头往地上一扔,冲着老太太大吼:"我要的是秘方,不是这猪狗不闻的东西!"

不过话刚一出口,白庆喜就意识到自己失态了,忙俯下身道:"我要的是秘方,不是窝窝头。"

可是老太太被他刚才这一吼又犯糊涂了,失神地看着白庆喜,好像根本就不明白他在说什么。白庆喜却认为老太太这是在装傻,气得一把揪住老太太衣领说:"你这个老不死的,我好饭好菜供了你半年,你居然跟我来装疯卖傻?快把秘方交出来!"

老太太拼命挣扎,长长的指甲划破了白庆喜的脸,白庆喜疼得把老太太狠狠一推,老太太头撞在床头上,立刻昏死过去,白庆喜于是就扑上去搜遍老太太全身,也没发现有什么秘方。失望至极的白庆喜此时已经完全失去了理智,竟像疯了一样,两手掐住老太太的脖子,将她活活掐死了。

直到这时候,白庆喜才仿佛刚刚清醒过来,一想到自己居然犯了命案,而且因为找不到秘方,白家祖业将要败在自己手上,竟绝望得像只受伤的老狼干号起来。

恰恰就在此时,陈老板来了,闻知老太太已死,不由大惊,继而悲痛不已,立刻弯腰向老太太遗体行礼。弯腰时,陈老板看到地上有半个窝窝头,便把它捡起来,若有所思地端详着。

白庆喜忙解释:"后母出身贫寒,爱吃点粗粮,这半个窝窝头是她吃剩下的,她刚才叫我扔掉,谁知……"

白庆喜刚说到这里,陈老板突然转过身来,目光如炬地盯着白庆喜:"你说谎!那日老太太曾告诉我,这窝窝头她揣在怀里已经二十年了,一直都舍不得扔,怎么现在会叫你扔掉?"陈老板两眼直瞪着白庆喜，"你脸上为何有伤？"

不等白庆喜回答，陈老板突然大喝一声："来人，查验老太太尸体。"

立即，从门外拥进几个人来。

白庆喜见状忙上前拦住："你们是什么人？"

来人朝他喝道："你可知他是谁？他是新任扬州知府陈吉陈大人，我们都是他手下办案的差役。"

白庆喜一听，惊得目瞪口呆。

没等白庆喜回过神来，那几个差役已经查验完毕来向陈知府禀告："回府台大人，老太太口鼻有淤血，颈上有掐痕，是被掐死的。"

陈知府怒视着白庆喜道："白老板，你好狠毒！来人，给我把他带走！"

白庆喜此时早已瘫软在地上，衙役给他戴上枷锁的时候，他突然挣扎着指着陈知府骂道："不错，我是杀了人，可你骗去了我白家的祖传秘方，也不是什么好官！"

陈知府看着手中半个窝窝头，说："白老板，你口口声声说秘方，你知不知道，你们白家的祖传秘方，其实就是这窝窝头啊！"

"你胡说！"白庆喜哆嗦着嘴唇，"我们白家的秘方怎会是这窝窝头？你蒙不了我。"

陈知府一听，不由长叹道："也罢，我就给你说说你父亲的往事，让你死个明白。"

原来二十年前，白庆喜的父亲白先茗靠着祖传秘方经营粥庄，虽然生意不错，但总觉得粥味里缺了点什么，于是就常常独自到深山里去采挖药材，想改善药膳粥的口味。不料一次遭遇暴风雪，他被困在山上，又冷又饿，终于病倒，幸亏被上山采药的村姑发现，村姑脱下身上的皮衣为他取暖，又把随身带的窝窝头调成糊喂他，雪停后还把他背回家中调养。

可不料这村姑自己却因此而受了风寒，下山后就发起了高烧。此时，白先茗已病愈，于是便熬汤煎药地伺候村姑，后来村姑虽然病愈，却落下终身后遗症，神智时而清醒时而糊涂，那时白先茗已经丧偶数年，于是就娶村姑为妻，决心一辈子好好照顾她，这个村姑便是白杨氏。

在照顾白杨氏的日子里，白先茗又一次偶然发现，将村里人用作干粮的窝窝头煮进药膳粥中，会产生奇异的香味，因为这窝窝头是用山上一种野生木薯所做，这种木薯可入药，正与药膳粥中的其他药材相得益彰。无意间得来的秘方让白先茗喜出望外，他于是就把当初他和白杨氏在山上吃剩下的半块窝窝头做了处理后，由白杨氏揣在身上，作为两人爱情的信物……

听着陈知府这一番述说，白庆喜傻了眼。当初父亲将白杨氏带回家时，他就怨父亲背叛了母亲，也因此深恨白杨氏，父亲死后，他对外谎称白杨氏因父亲逝世过于伤痛，神志不清走失了，暗地里却偷偷把白杨氏丢在了野外。没想到父亲和白杨氏之间竟有这样一段感人的恋情，更没想到白杨氏给自己的那半个窝窝头，居然真就是做十全药膳粥的祖传秘方。

陈知府长叹一声，对白庆喜说："你一定奇怪我是如何知道这些的吧？告诉你，当年我只是白杨氏邻家的一个放牛娃，那时你父亲日夜为白杨氏熬粥煎药，我当过他的助手，所以也可以说，是他和白杨氏这段感情的见证人。我能有今天，也得感谢你父亲当年曾经对我的资助。正因为你父亲知恩图报，积德行善，白家粥庄才深得人心，生意才会越来越兴旺。白杨氏虽然痴傻，可她对你有养育之恩，我上次让你把她接回，其实是想给你一个改过自新的机会，没想到你竟然会对她下如此毒手。既然你早已忘了祖宗根本，那秘方对你又有何用？"

白庆喜呆愣在那里，半天说不出话来……

（廖　华）

（**题图**:黄全昌）

# 兄弟情短

　　乾隆年间,刘员外家有一对双胞胎,老大叫刘福,老二叫刘宝,兄弟俩长得一模一样,要是穿同样的衣服,就连他们的父母都很难分辨。老大刘福风流倜傥,放荡不羁,做什么事都没长性;而老二刘宝聪慧过人,才华横溢,琴棋书画样样都精,"四书五经"倒背如流。

　　这年,刘福、刘宝兄弟两人去京城参加三年一次的会试,考完后住在客栈里静候佳音。这天,客栈门口突然锣鼓喧天,只听衙役在门外高喊:"进士及第,第一甲第一名刘宝,请上马巡游!"

　　刘福和刘宝闻言,激动得热泪盈眶。更让刘宝想不到的是,乾隆皇帝对他那篇《论天与地》的应考文章赞不绝口,金殿上又见他仪表堂堂,谈吐不凡,当即就将他钦点为新科状元。

此事一时间轰动京城,刘宝的名字立刻家喻户晓。

待一切平静下来,已是三天之后。那晚,刘宝突然想起兄长刘福,就急忙升轿直奔客栈打探。只见刘福面容憔悴地躺在床上,刘宝忙上前问道:"哥,你怎么了?"

刘福见刘宝官袍加身,气宇轩昂,不由号啕大哭:"哥哥我名落孙山,实在无颜回去见父老乡亲,还不如死了的好。"

刘宝一听,赶紧劝慰。

可刘福哪里听得进去,他从床上下来,"扑通"就给刘宝跪下了:"你真要劝慰我,还不如现在就帮帮我。"

刘宝吓一跳:"你这是干什么?我现在怎么帮你?"

刘福说:"我不如你有才华,即使下回再考,也不见得就有希望。咱哥俩既然长得如此相像,不如让我替了你。反正下回考,你准能再中。"

刘宝一听,立刻变了脸色:"哥呀,你可知这是欺君之罪?被朝廷知道了,是要杀头的。"

刘福却说:"只要你我不说,没人会知道。你要不答应,我只有去死。"

看着刘福那乞求的眼神,刘宝不由心如刀割,他长叹一声说:"好吧!不过哥,你得答应我,替了我之后,你一定要做个好官,勤政爱民,多多为百姓做事。"

刘福见刘宝点头了,乐得立刻从地上跳起来,拉着刘宝的手说:"你放心,我发誓我一定做到,否则就不得好死。"

刘宝于是就赶紧把自己那篇应考文章默下来交给刘福,让他熟记于心,然后两人互换了衣服。刘宝催刘福说:"你赶紧坐轿回翰林院去,我明天就回家。记住了,今后你就叫刘宝,我叫刘福。"叮嘱完了,他泪水涟涟地目送刘福乘轿远去。

话说刘福回去后不久,就被任命为翰林院大学士,上任头一年,他丝毫不敢懈怠,所以政绩十分了得,随即就被调任掌管刑部要职。可是手头权力一大，刘福的本性就渐渐显露出来，贪赃枉法，胆大妄为……

而刘宝呢，回老家后发愤攻读，三年之后阳春三月桃花盛开的时候，他再次进京应试，一篇恢弘雷霆的应试文章再一次令乾隆皇帝拍案叫绝，立刻将他钦点为状元，并宣召觐见。

当庭一见，乾隆皇帝不由大吃一惊："你怎么跟刘大学士长得一模一样？"

刘宝赶紧解释："刘大学士和我乃同胞兄弟。"

乾隆皇帝顿时龙颜大悦："你们兄弟俩皆有惊世之才，同为状元，实乃我大清兴旺之兆啊！"

乾隆皇帝立刻封刘宝为钦差大臣，亲赐尚方宝剑，着他巡游各地督察政务，惩治腐败。刘宝也不负皇命，铁面无私，秉公执法，所到之处贪官污吏纷纷落马，黎民百姓无不拍手称快。

这天，刘宝返京途中突然听到轿外有人大喊"冤枉"，探头一看，见一姑娘跪在轿前，手举状纸，拦轿喊冤，他立刻喝令："停轿，快快将状纸拿来！"

待接过状纸一看，刘宝不由大吃一惊，原来姑娘要告的竟是当朝一品大学士，也就是他的兄长刘福。刘宝命人把姑娘带回府中，详细询问，方知这姑娘叫李梅，今年十八岁，是御使李大人的小女儿，两袖清风的李大人曾几次上折弹劾刘福，但都因证据不足被乾隆皇帝驳回，后来终被刘大学士陷害致死，并且全家问斩，只有李梅逃脱。现在李梅听说新来的钦差铁面无私，就冒死拦轿鸣冤，已经在此等候三天了。

听完李梅哭诉，刘宝心里真是说不出的滋味，刘福下手居然如此狠毒，他心里真是又惊又气又着急。沉吟半晌，刘宝对李梅说："为了确保你的人身安全，你就暂且住在我府上，哪儿也别去，待查实充分证据后，这个案子一定要严办。"

这天晚上，刘宝躺在床上辗转反侧，其实为官以来，他已经听到不少关于刘福结党营私、草菅人命的事,他真不愿相信,但现在看来这一切都不是谣传……

刘宝正这么想着,忽听外面一阵喧哗:"有刺客!抓刺客呀!"院内巡逻的侍卫们大声喊着,刘宝暗叫一声"不好",立刻从床上跳起来,披衣冲出门去。

立刻有侍卫前来禀报:"有一黑衣人越墙跑了。"

刘宝赶紧带侍卫去李梅客房,推门一看,李梅已经奄奄一息地倒在血泊之中,胸口插着一柄短刀,她见刘宝进来,只说了句"我爹是冤枉的",就断了气。刘宝惊呆了,咬着牙,捏紧拳,看着李梅发誓说:"姑娘,你等着,我一定会还你一个公道。"

李梅的死令刘宝愧疚万分,也愤怒无比,更加重了他对刘福的怀疑,他决心要将案子查个水落石出。

这天,乾隆皇帝看了几个参刘福的奏折,就把刘宝召来如此这般说了一番,乾隆怀疑是那些大臣嫉妒刘福所为。

刘宝便趁热打铁道:"皇上,为整肃吏治,请允许微臣展开调查,以堵众人口舌。"

乾隆一听,立刻点头:"朕召你来,就是想让你查清此事。"

经过细致而周密的侦查,刘宝终于找到了几个重要的涉案证人,可谁知还没等正式开审,这些证人却都被先后灭了口,就连刘宝自己,也感觉到周围一片杀气。

这天,是刘宝、刘福兄弟俩的生日,刘宝邀刘福来府上饮酒。酒过三巡,刘宝问刘福:"哥,平日里饮酒过量时,你没把当年顶替我的事告诉别人吧?"

刘福说:"这事关系到你我生死,我怎敢吐露半字?"

刘宝点点头,又试探着说:"既然如此,你身为一品大学士,皇上委你高官,给你厚禄,你还有什么不满足的?为什么还要去陷害那么多忠直大臣?那些知情人都是被你杀了的吧?也幸亏把他们灭了口,死无对证,要不然定将大祸临头哪!"

刘福一听刘宝这么说,不由咬牙切齿道:"哼,谁让他们处处和我作对? 顺我者生,逆我者必死。"

看着刘福这个样子,刘宝真不敢相信眼前站着的竟就是自己的兄长:"哥,难道你忘了当年我是怎么跟你说的吗?"

刘福"嘿嘿"一笑:"我也想做个好官,可官场似赌场,一步错就百步歪啊!"

刘宝不由恨恨地说:"哥啊哥,你贪污了那么多银子不说,还杀害那么多无辜,你……你还是个人吗?"

刘福的眼睛里顿时闪过两道阴毒的光:"不心狠手辣就办不成大事,我就不会有今天!"

刘福这话刚落音,突然有人朗口接道:"可惜啊,从今天起,你就没有明天啦!"

刘福愣住了,回头一看,只见乾隆皇帝怒容满面地从屏风后面走出来,身后还跟着几个大臣。刘福这才明白自己今天上了刘宝的当,只好无奈地低下头,再也说不出一句话来。

乾隆皇帝一声断喝:"来人,给我扒下他的官服,打入天牢,等候处置。"

刘福被拖了下去,刘宝惶恐地给乾隆皇帝跪下了:"请皇上惩治微臣当年的欺君之罪。"

然而,乾隆却亲手将刘宝扶起,说:"朕念你忠心为国,大义灭亲,改命你为扬州知府,并罚你以后把名字改了。"

改什么名? 刘墉。刘宝从此更名为刘墉,他夜以继日地忙于政务,经常累得连走路都直不起腰来,时间一长,积劳成疾,脊椎变了形,后背就成了个罗锅。数年后,刘墉又被乾隆皇帝召回京城,官拜中堂,成了首辅大臣。

据说,这个刘墉,就是后来民间传颂的宰相刘罗锅。

(赵振业)

(题图:黄全昌)

## 为侠盗画像

　　清末光绪年间,苏州城里出了位不同寻常的画师,名叫顾权,以摹画人物肖像而名扬天下。但这顾权有个奇癖:为人画像,要么挑最美的,要么挑最丑的,若是相貌普通而又不识趣地请他摹画,那就难免会被他奚落一番。

　　这一来,顾权自然就得罪了不少人,那些人中就有暗地里常给他使绊子的。

　　苏州城里有一江姓大户,江家老大在京城官居吏部侍郎,很有权谋,绰号"小严嵩"。小严嵩这阵因丧母正居家守孝,听说顾权作画的事后,就打发管家找上门来,要顾权去他府上作画,还指名要以"行乐"为图。小严嵩是当朝权贵,顾权奈何他不得,只好遵命进府。

　　只见顾权在江府厅堂上挥毫蘸墨，一蹴而就，之后便"啪"一声将笔掷在了案上。

　　小严嵩不免得意，吩咐管家将画呈上，可不看则已，一看他的眼睛就瞪直了。怎么着？原来那画上的官老爷尽管头顶花翎、身穿官服、足蹬朝靴，却没有脸面。

　　小严嵩气得嘴都歪了，"哗哗"两下将画撕成了碎片，拍案大骂道："混蛋，快给我把这该死的家伙乱棍又出去！"

　　顾权被赶出江府不说，还挨了一顿毒棍，可此时他心里却比三伏天喝了冰水还痛快："狗日的赃官，看你还敢不敢再跟老子抖威风？"

　　有人好奇，问他："顾先生，你在江府画画，怎么就不画脸呀？"

　　顾权说："不是我不画，是他自己没脸。"

　　在场的人一听，全都哈哈大笑起来。

　　俗话说"没有不透风的墙"，顾权这话很快就传进了江府，小严嵩得知，恨得咬牙切齿："好，姓顾的，咱们走着瞧！"

　　当地有一个武艺十分高强的大盗，叫廖二，平时劫富济贫、来去无踪，官府多年缉他不获，可凑巧就在最近一次行劫时，他却不幸中了官府的埋伏，被擒拿后下在苏州大牢。小严嵩于是就诬顾权是廖二同谋，将他披枷戴锁又廖二一起关进了死牢。

　　在牢中，顾权见廖二相貌十分奇特：皮肤鳖黑如铁；左颊和右额上各有一道三寸长的刀疤；两只铜铃般的大眼赤红如血，十分骇人；那毛发也分外特别，长长短短不说，还呈棕红颜色，披在额头如狮鬣一般……顾权不由连连惊叹："世上怎竟有如此绝妙的面相？可惜我枷锁在身，无法摹画了啊！"

　　顾权身陷囹圄后，他家人又惊恐又悲伤，明知这是小严嵩所为，但也奈何不得，思来想去，最后还是打点家中仅剩的银子，托人带了去登门拜小严嵩的门槛，求小严嵩高抬贵手放顾权一马。

小严嵩说:"可以呀,但有个条件,他必须先为本官作幅画,之后我保他立马出狱。"

所托之人回来后,将小严嵩交与的一帧半身像片转交给顾权家人,又将小严嵩的话如此这般转述了一番。顾权家人当晚就带了小严嵩的像片和顾权的一应画具去牢里,说了事情的来龙去脉,要顾权尽快将画作完成,早日回家。

家人原以为,要说通顾权为小严嵩作画,须得费一番口舌,谁知顾权一听却眉开眼笑,非常痛快地一口就答应了,家人于是就拿出事先准备的银子看牢的狱吏,让他给顾权卸了枷锁,随后就帮着铺纸研墨地张罗,直到顾权凝神静气开始作画,他们才离开。

第二天,顾家人去牢里取画,不料拿到画作顿时傻了眼,原来顾权画的根本不是小严嵩,竟是和他同关一室的大盗廖二。顾家人急得捶胸顿足,好不容易争取来的机会,难道就这样白白葬送在这幅画里?

他们还想劝说顾权,可顾权却拧着脖子大声呵斥:"你们少说废话,老子宁可死在牢里,也不给赃官当奴才!"

顾家人谁也不敢再言语,只好哭着回去。

后来小严嵩得知此事,冷笑一声说:"给他活路他不走,那就别怪我无情了。"

不久,案子判下来了:大盗廖二为首犯,判"斩立决",也就是死刑,立即执行;顾权为主犯,判"斩监候",相当于现在的死缓,待秋天复审后再作最后裁夺。

眼看廖二就要"远行",顾权把他给廖二画的像拿出来,对廖二说:"兄弟,你我同牢也算是今生有缘,我没别的,就用这画为你送行吧!"

顾权那天作画时廖二正在酣睡,过后顾权也没告诉他,所以廖二对此事根本一无所知。此时他接过画来一看,见顾权将自已画得如此活灵活现，不禁惊喜万分，连连拱手道："顾大哥，我廖二横行江湖三十年，三教九流、五行八作，什么人没见过？不想最后竟能遇到像大哥这样的侠义之士。大哥在上，请受小弟一拜！"说罢，倒地就要磕头。

顾权急得一把上前拉住他，说："区区小事，兄弟何必在心？"

眼看廖二三天之后就要行刑，这天晌午，忽然有一个衣着华丽的年轻人由仆人陪着前来探监，这人用大锭银子买通了狱官，获准与廖二见面，两人谈了好一阵子。

这年轻人走后，廖二悄悄对顾权说："你给我画的那画，我让他带走了。"顿了顿，又附耳对顾权说，"大哥要是以后能活着出去，他们一定对得住大哥的。"

顾权不知道廖二和这年轻人是什么关系，他说的"他们"又是怎么回事，但想想廖二都已经是要死的人了，他心里不由泛起阵阵酸楚，所以也不想多问他什么。

三天之后，官府对廖二执行了死刑，还将他的人头挂在城门上示众。

廖二去后，顾权独自在大牢里熬过了一整个夏天。他万万没想到，当秋风吹起之际恰逢朝廷恩赦天下，他竟一下子由"斩监候"改判为"无罪释放"，顾家老小闻此喜讯泪流满面，相拥大哭。

不过此时，顾家遭此变故已经一无所有，顾权想起布衣诗人黄仲则的两句诗，"全家都在风声里，九月衣裳未剪裁"，不由长叹了一声。

这天黄昏，顾权正饿着肚子在巷中徘徊，忽遇一人骑马而过，却又返回，滚鞍下马向顾权拱手一揖，道："敢问老伯可是顾权先生么？"

顾权一怔，看那人年纪轻轻，一身富家仆从打扮，似无恶意，便点头说："鄙人正是。"

那仆从立刻说："且请先生屈驾'鸿运楼'说话,我家主人在那里恭候。"

鸿运楼当时是苏州城里最有名的酒家,仆从将顾权引到酒家二楼的一个雅间,挑帘请顾权入座。顾权进门后抬眼一看,立刻认出仆从说的主人,正是廖二临刑前来探监的那个年轻人。

见顾权来了,那年轻人急忙起身相迎,拱手施礼,邀顾权入座,随后就传小二上菜,珍馐美味,丰盛无比。席间,年轻人频频向顾权敬酒,顾权因为饱受牢狱熬煎,早已饥寒交迫,想起当初这探监人走后廖二对自己说的话,他也不管三七二十一了,放开肚子就吃了起来。

待酒足饭饱之时,外面已是万家灯火,顾权随年轻人缓缓下楼,来到河边,早有一条客船泊在那里,年轻人请顾权登船观赏夜景。顾权此时已经喝得有些晕晕乎乎,只好任由年轻人摆布,不过他心里有一点是清楚的:既然廖二临刑前留下话来,想必这年轻人不会胡来,所以坦然上船,也不多问。

客船解缆起锚开出不久,就进入了一片烟波浩渺的水荡,这就是天下闻名的太湖了。只见客船在湖中绕行了大约十几里水路,掠过一片芦苇,来到一个去处,年轻人说声"到了",就命仆人搀扶顾权下船登岸。顾权边走边看,借着星光,发现这地儿约有几十户人家,屋舍十分齐整。

没多会儿,年轻人引顾权在一处大宅前停步,请他进宅。谁知顾权刚入宅,走进灯火通明的厅堂,就傻了眼。为啥?他看到自己当初给廖二画的那幅画就挂在这厅堂正中的墙上。

顾权惊讶极了,正想问年轻人是怎么回事,只见一位妇人从内室走了出来。妇人看上去衣裙素雅,神情庄重,出来就给顾权施礼:"先夫不幸罹难,承蒙先生仗义,为他写真留念,让未亡人于霜凄灯黯之际尚能一睹先夫遗容,寄托哀思,先生所赠实在太重了。如今未亡人也已年近六十,离死期也不会太远了,我想再劳先生挥毫运墨给未亡人画一幅真容,留给儿孙永为纪念,不知先生可否应允?"

顾权这才明白,眼前这位妇人原来就是廖二的妻子,自然一口答应。

妇人于是就吩咐年轻人说:"四郎,快快替我拜谢先生。"

年轻人一听,立即向顾权下拜,顾权这时才知道,这位年轻人其实就是廖二的第四个儿子。

顾权于是便在廖二家住了下来,画作完成后,又被主人留了三日,备受款待。然后,顾家四郎在一个深夜特地派了辆马车,送顾权回苏州。

一路上,顾权坐在车里不断向外张望,发现走的不是来时的路,马车走在一道长堤上,堤宽仅容一车,两侧都是湖水,不免让人心惊。

不知走了几个时辰,马车终于在一所豪宅前停了下来,顾权下车一看,简直惊得目瞪口呆:这不是小严嵩的宅第吗?把我送这儿来干吗?

顾权正要发问,车夫却说了声"先生稍候",就上去敲门。

一个仆人应声出来开门,招呼道:"是老爷回来了! 快请! 快请!"

这一来顾权越加纳闷,而谁知此时,顾权的妻儿竟都从院里走了出来。原来,那天黄昏顾权被廖家请走后,廖家立刻就通知了顾家,接着又有车马将他们送到这里,说是顾权三五日内也会到,果真现在顾权就来了。

那么,廖家为何要这么做呢? 事情是这样的:小严嵩贪赃枉法遭人弹劾,已被革职治罪,家产也被抄了,廖家于是不惜重金买下此宅,赠予顾权,只为报答他为廖二画像留念之恩。

(王玉祥)

(题图:黄全昌)

# 父子大盗上法场

　　清朝时候，有个叫张百顺的小贩，带着儿子小宝常年旅居在下江金陵一带，做点刀剪钥匙之类的小本生意。张百顺年过五旬，小宝也已二十出头，父子俩多年来省吃俭用，攒了二百吊钱，眼看快过年了，他们准备回老家四川永安去，张百顺想为小宝完婚。

　　父子俩一直生活在水乡，习惯操舟弄橹，于是便买下一条小船，把钱物打成包裹放进船舱藏好，然后就解缆启程，溯江而上。那时世道颇不太平，江上常有大盗横行，父子俩一路晓行夜宿，不敢有丝毫懈怠。

　　这天快到安徽铜陵地界时，已是下半晌了，江面上一轮斜阳高挂，虽然天色尚早，却刮起了顶头大风。眼见小船像蜗牛一样前行不得，估计当晚是靠不上铜陵大码头了，夜航又有危险，父子俩便将小船在江畔一个无名小码头旁下了锚。

不多会儿，天全黑了，江上却再无第二条船泊过来，只有父子俩的小船孤零零地在幽黑的江面上晃荡，张百顺在船舱里点了盏油灯，和小宝紧张地守着，心里总觉得空落落的，直到后半夜也没敢合眼。

突然，舱外传来"啪啪啪"的击水声，凭经验，张百顺知道有船过来了，他探头一看，只见月光里，有一条黑黢黢的船横冲直撞地正朝他们冲过来，再一瞧，那船的短桅上好像还悬着一面狼牙旗，张百顺顿时吓出一身冷汗：糟糕，遇上大盗了。

此刻，要想拔锚逃跑是绝对不可能的，张百顺正要关紧舱门再作计较，谁知早有个黑鬼似的大汉"嗵"地一声跳上了他们的小船，他手中的大刀在月光下闪着逼人的寒光。黑大汉横立船头，大声叱斥："无头鬼听着，快出来吃俺老阿爷一刀！"

张百顺和小宝吓得面如土色，只好战战兢兢地从舱里爬出来，向黑大汉磕头，乞求饶命。

黑大汉道："饶命可以，你们得把值钱的东西统统拿出来，若有半点迟疑，俺老阿爷的鬼头刀可不是吃素的！"

没办法，为了活命，父子俩只得忍痛把辛辛苦苦攒下的那二百吊钱捧出来。

黑大汉走后，父子俩忍不住抱头大哭。现在两手空空，还怎么回家？

张百顺于是就对小宝说："小宝呀，我看咱们不如先就在这一带水上打鱼摸虾糊口饭吃，日后再图回家之计。"

可小宝却死活不肯："爹，这样过日子多累，我什么时候才能讨上老婆？"说到这里，他突然心头一亮，"对了，爹，那个海巴子手里拿着鬼头刀，看上去样子挺吓人，可也不知他到底身上有多少功夫。假如我手中也有三尺利剑，像他那样趁月黑风高之时去劫人钱财，说不定我也能镇住人家。哼，我可不能再老老实实做人了，否则就是穷一辈子，别想有出头之日。"

张百顺本是个目不识丁的老糊涂，听小宝这么一说，想想也对，寻死不如闯一闯。当下，父子俩便在舱里找出一柄太平斧，在砺石上磨了个锋快。

第二天晚上，父子俩早早地吃了晚饭，脸上抹了厚厚一层锅灰，随后把船儿隐伏在江畔芦苇丛中，准备等船只过来，好见机行事。此时，江面上淡月蒙眬，一片静寂，等了好长时间，就是没一点动静，父子俩都有些耐不住性子了。

就在这时，水面上出现了一条船影，挂着帆，疾驶而来，父子俩心中一喜，立刻仗着娴熟的水性泅过一段水面，悄悄爬到那船上。只见船舱门大开着，中舱的矮几上点着盏灯，几个船家正吆五喝六地在那里猜酒令豪饮。小宝一晃斧头，像昨晚黑大汉那样大喝一声，这一招还真灵验，那几个船家见凭空掉下个黑脸凶煞神，全都吓蒙了，一个个磕头如捣蒜，没容小宝开口，就乖乖地把船上的财物悉数打包捧了出来。

父子俩欢天喜地地捧着劫得的钱财回到小船上，两个人来不及抹去脸上的锅灰，就急着打开包裹看。这一看，父子俩不禁傻愣了：天啊，那里面竟有自家昨晚被黑脸大汉劫走的二百吊钱！嘻嘻，管它怎么会到了那船上，却原来物归原主竟是这般容易。

小宝对张百顺说："爹，瞧瞧，咱们老实做人，累死累活多年，好不容易才攒下这么些钱。昨天去得多冤？可没想今天回来得又这么容易！现在我算是彻底明白了：这天下哪有什么真功夫？家伙在谁手里，谁就称大王。爹，咱们这回算是找准路了，哇——总算能出头啦！"

头回得手以后，父子俩的手就开始痒痒了，到了晚间就总想着窥伺出击。无奈这一带江面上，晚泊的商船都是成片的，桅樯林立,灯火通明,彼此船舷相靠,首尾相连,根本无法下手,父子俩在江上贼头贼脑地巡窥了多日,始终一无所获。他们这才体会到,那头回出击就旗开得胜,运气有多好。

这一天,江面上风和日丽,江鸥翩翩,虽是冬日,却一派春意盎然的景象。突然,从江北岸驶来一艘大船,船上张灯结彩,唢呐喧天,船头悬着的灯笼上写着"滕府"两个金字。张百顺舔舔舌头,对小宝说:"不知道船上有没有新娘子,若是看上眼了,咱们索性连人带货一齐要了,随后带回老家去。嘿嘿,这事儿真要做成,只有天知地知你知我知啊!"

小宝一听,简直乐得合不拢嘴:"爹,怕是我要交桃花运了!"

父子俩决定非要抓住这个机会不可,于是一边说一边就往脸上抹锅灰。随后,小宝把雪亮的斧头往腰里一掖,张百顺把船头转了个方向,小船便悄悄向大船驶了过去。此刻,江面上除了这只大船,再也不见其他帆影,父子俩心里好不得意。

傍晚时分,父子俩终于把小船膏药似的贴上了大船,张百顺对小宝一挥手:"上!"小宝立刻挽起衣袖,"嗖"地飞身上了大船,他先用斧子把船舷敲得"梆梆"响,随后扯着嗓门吆喝船上的人立刻乖乖地从舱里出来。

谁知小宝吼了半晌,就是不见有人出来,小宝好生奇怪,推开前舱门一看,原来里面的人一个个全东倒西歪地喝醉了。

这时,张百顺也跳上了大船,父子两人便咋咋呼呼地直闯中舱去找新娘子。岂料中舱空空如也,竟连一个人影也没有,他们于是就赶紧在舱里拿了点金银细软,随后就往舱外走。

两人正走到船头,猛听半空中一声娇喝:"两个贼子往哪里逃?"

父子俩吃了一惊,抬头一看,那披红挂彩的新娘子不知啥时候竟爬上桅杆,悬在了半空中。只听得"嗖嗖"两声,两颗石子流星般的从她手里飞出,不偏不倚正击中张百顺和小宝的面门,父子俩顿时血流满面，"咕咚"一声摔倒在地上。

只见新娘子立刻"呼"地从船桅上轻盈地跳下来，一脚踩住小宝，对着舱里嚷嚷："我说你们快点出来抓贼啊！"

一舱人于是"轰"地一下突然就翻身冲了出来，原来他们刚才都是在故意装醉。新娘子在张百顺和小宝身上点下麻穴，随后就叫把这父子俩捆在船桅上。

原来这位新娘子可不是什么闺房等闲之辈，乃是铜陵总兵的小女，从小跟总兵学得一身功夫，尤其是玩弹弓，几乎弹无虚发，这次下嫁江南，一路上她见身后老有一艘小船不紧不慢地跟着，心中不由起疑，于是便暗中指挥一船人作了防备。

事后，张百顺和小宝被押送省城巡按衙门受审，父子俩自然招了实情，他们此次因属再犯，且手持凶器劫财，行为十分险恶，按大清律，足可以作江洋大盗论处了。

大牢里，小宝苦笑着对张百顺说："爹，想不到咱们竟栽在一个娘们手里。"

张百顺这回倒是不糊涂了，他苦笑笑，对小宝说："唉，咱们从动这歹念起，就该知道是这个结局了。"

没过几天，父子俩就被判了个"斩立决"，押赴刑场去了。

（孙庆章　搜集整理）

（**题图**：俞耀庭）

# 得 失 沉 浮

　　总说机关算尽太聪明,终落得一场欢喜忽悲辛。却又有多少人能抱着也无风雨也无晴的心境坦然一笑呢?

# 路在何方

　　从前,清石镇上住着一个姓何的郎中,医道非常高明,曾治愈过不少疑难杂症,人称"活半仙"。活半仙的妻子刘氏长得端庄秀丽,又贤惠能干;两个女儿,大女儿如珍憨厚老实,小女儿如玉聪明乖巧。一家四口小日子过得热热乎乎的,活半仙唯一感到不顺心的,就是膝下没个儿子。

　　清石镇背靠深山,山中住着一个采药的老翁,姓黄。黄老翁和孙子聪俊相依为命,和活半仙也相交甚好,每隔十天半月,他就带着聪俊下山,给活半仙送些在山里采的草药,顺便也买些柴米油盐回去。每次去活半仙家,聪俊总是抢着干活,活半仙和刘氏都很喜欢他,如珍和如玉也总是一口一个"聪哥"地叫。

　　后来双方孩子都长大了,活半仙和刘氏便有了要让聪俊入赘的心思。可谁知就在这年夏天，黄老翁和聪俊却突然没了踪影，眼看着盛夏过去、深秋来临，仍不露面，这可把活半仙一家人急得团团转。无奈活半仙从没进深山去过黄老翁家，他们就只好牵肠挂肚地天天数着日子过，就盼快快见到这祖孙俩。

就在活半仙一家人急得不知如何是好时，一天中午，聪俊突然背着草药上门来了，活半仙和刘氏见了真是既高兴又惊讶。高兴的是，聪俊总算有了着落；惊讶的是，这么多年来，他们祖孙俩总是一块儿来去的，怎么今天不见老人的身影？莫非……

活半仙正要张口问，没想聪俊已经泪流满面。聪俊说："爷爷入夏就病了，我天天去采草药给他吃，可也不管用。他心里老惦记着你们，这筐草药是爷爷生病前采下的，晒了好一阵，爷爷催了我好几次，让我赶紧给你们送来。"

活半仙和刘氏听了，心里真有说不出的感动，活半仙当即决定挂牌停诊，跟聪俊上山去给黄老翁治病，刘氏和如珍、如玉姐妹俩二话不说，赶紧给活半仙打点行装，送他和聪俊上路。

翻过大大小小不知多少座山冈，跨过曲曲折折不知多少条溪流，活半仙终于跟着聪俊走进深山黄老翁的家。活半仙一边给黄老翁切脉，一边轻声埋怨他："你为什么不早让聪俊来叫我呢？"

黄老翁此时已经奄奄一息，他断断续续地对活半仙说："我这把老骨头……已经没用啦，就让聪俊借我这把骨头……练练本事吧。唉……路难走啊！"

活半仙一听，直朝黄老翁摇头："路再难走……可我们不都在走吗？"

黄老翁意味深长地看了他一眼："我说的……是人世间的……路啊！"他把聪俊叫到身边，用他最后那点力气，抚着聪俊的头告诫说："天外有天，楼外有楼，出去闯闯吧！"

聪俊记住了黄老翁的话，把黄老翁安葬之后，就只身出外闯荡去了,风餐露宿,游历江湖,遍拜名师,博采众长。他收集到不少民间草方,学就了一手高超医术,无论到哪里,都不为富贵荣华折腰,不为花容月貌所动,年近三十,仍孤身漂泊,四海为家。

这天黄昏,聪俊又回到了清石镇,多少年来,这里的一切始终让他牵挂,他加快脚步来到那座熟悉的宅子前,却惊异地发现:宅门紧闭,院墙头上长满荒草,一片凄凉萧条的景象,只有屋顶一角飘散出来的袅袅炊烟,证明这里还有人住着。

聪俊赶紧上前"砰砰砰"敲门,嘴里急切地喊着:"开门,快开门!我是聪俊呀,我回来了!"

"来啦,来啦!"好一会儿,"吱呀"一声门开了,门里露出一张苍老的面孔,一双昏花的老眼。这不是刘氏吗?聪俊惊呆了。

刘氏打量着聪俊好半天,嘴唇直哆嗦:"孩子,你终于回来了!"她一边说,一边把聪俊让进屋。

聪俊发现屋里空空的,竟不见其他人,不觉满腹狐疑:"大娘,怎么就您一个人?我大伯呢?如珍和如玉妹妹呢?"

刘氏的声音显得十分凄凉:"走啦,都走啦!"

聪俊心里一紧,不明白刘氏这话是什么意思:"他们都到哪儿去了?为什么把您一个人留在这儿?"

刘氏叹了口气,说:"我们女人不像你们男人,想走什么路就走什么路……珍儿走了她不该走的路,玉儿走了她不想走的路……唉,我老太婆留在这儿,也是无路可走,才走这条路的啊!"

刘氏这番话,让聪俊越发听得糊涂:"大娘,这……什么是不该走的路?什么是不想走的路?您怎么又是无路可走才走的这条路?大娘,您快告诉我吧,这到底是怎么回事?"

刘氏望着聪俊,重重地叹了口气,她让聪俊坐下,这才把事情的经过一一道来。

原来,自从那年聪俊走后不久,活半仙家就渐渐断了药草,上门求诊的人便越来越少,一家人望眼欲穿地盼聪俊回来,可聪俊却一去音信全无。活半仙家的日子越过越艰难,债主天天上门逼债,拿走了可以拿走的一切东西,最后还要将如珍和如玉姐妹俩拉去抵债。

可怜姐妹俩心里只有聪俊,她们一次次倚门远眺,却又一次次地叹息失望。无奈之下,如珍只好被迫去做债主的姨太太,可不到半年就投井自尽了,债主于是又打起了如玉的主意。活半仙发誓再也不能把如玉推入火坑了,他带着如玉当夜就离乡背井出去躲债,留下刘氏守着空房,也为了等聪俊回来……

听着刘氏这番诉说,聪俊不禁失声痛哭:“大娘,我就是您的儿子,我再也不走了,我要和您一起守在这里,等他们回来。”

聪俊拿出他这些年行医积蓄的银两添置了一些生活用品,又把活半仙的诊所整理了一下,就开始挂牌替人看病。他凭着一手超凡出众的医术,先后救下了不少垂危的病人,消息传开,人们又从四面八方赶来这里求医问药,诊所天天被踏破门槛,清石镇上的人都称聪俊是“神医”。一年之后,聪俊就把活半仙所有欠下的债务还了个一干二净。

这天晚上,镇上“天下客”客栈里的店小二来找聪俊,请他去客栈为一个老者出诊。店小二将聪俊带到老者床前坐下,老者从帐帘里伸出一只手来,聪俊认真地替他把脉,然后安慰说:“老先生可以不用吃药。”

老者的儿子听聪俊这么说,失声叫起来:“难道我爹已经到了无药可治的地步?”

“哪里,哪里,你误会了。”聪俊安慰他道,“令尊只是气郁结于内,饮食不周而已,所以无须用药,只要好言开导,静心调养即可。”说完,就准备辞行。

这时候,老者突然“哎哟哎哟”地呻吟起来,老者儿子看老者这么痛苦,就一步跳过去堵住聪俊的去路,说:“你就这么走了?

我爹也许生命将息,你不设法解其痛苦,算什么神医? 你现在要是撒手不管我爹,我就死在你的面前。"说完,他从腰间一把拔出佩刀,将闪着青光的刀刃对准了自己的脖子。

聪俊大惊失色:"小兄弟,别鲁莽啊!"

聪俊想了想,回到老者床前坐下,再次给他把脉,对着帐内轻声问:"老伯,您可有什么想不开的事?"

老者有气无力地说:"我丢失了自己的路,无法寻回,有劳你告诉我如何解脱吧!"

聪俊一听,缓缓站起身,在屋内来回踱步,思忖着这奇怪的问题该如何作答。良久,他娓娓道来:

"东边有个渔翁,捕鱼有方,能随时在门前的小河里捕到大鱼。可一年冬天,从未有过的严寒把小河冻住了,渔翁有天大的本事也捕不到鱼了,他最后被冻死在了破茅屋里。

"南边有个樵夫,身强力壮,为人勤快,他砍的柴因为质量好,称的时候分量又足,所以在集市上不用吆喝就能很快卖完。一天,樵夫看见路边有顶破乌纱帽,拾起来戴在头上挺暖和,从此这顶帽子便不离头了,可这一来,他每天挑柴到集市上,总会引来一片议论之声,人家说:'哪有老爷来卖苦力的,说不定是玩什么把戏哩。'从这以后,就没人再到他这里来买柴了。樵夫身无分文,饥饿难忍,这才想到要把头上这顶乌纱帽扔掉,后来终于返璞归真,重操旧业,找回了自己的路。

"西边有个猎人,练得一手好箭法,只要出箭,飞禽走兽都难逃厄运。别的猎人打猎时刀枪剑戟全副武装,而且都是结伴而行,唯独他因为有百步穿杨的本事,所以从来就是带着弓箭孤身出没于深山老林之中。可没想有一次,他遇上一对饿虎,一箭射去,雌虎倒地,他正待拔箭再射时,雄虎已扑到跟前,他的一技之长来不及施展,就被老虎一口吞进了肚里。

"北边有个裁缝,不用量体就能裁衣,他的本事在同行中鹤立鸡群。裁缝一心想称霸,所以自己的看家本领连门徒都不传授,可他的徒弟却聪明极了,能从师傅交给他缝制的布片中领悟,久而久之也就无师自通了。可那裁缝却还蒙在鼓里,以为干活缺了他不行,有一次故意不给徒弟作交代,外出几天不归,不料徒弟竟胸有成竹,将活儿干得相当漂亮,客人穿上后非常满意。师傅回来看到了大发雷霆,不但一气之下将徒弟撵走,而且发誓从此再不收徒,事无巨细一概亲自料理,最后终因劳累过度,加之人手紧缺后拉长了工期,客人很有意见。就在这时,那徒弟带着礼品求见,恳请师傅收留,裁缝于是就顺水推舟答应了,从此,徒弟忠心耿耿为师傅出力,师傅也索性让徒弟独撑门户,这样一来,裁缝铺顾客盈门,生意红火,那裁缝不仅被同行尊为祖师爷,也从繁忙的杂务中解脱了出来……"

聪俊说到这里,走到帐前轻声问老者:"老伯,容我胡言乱语了。不知这几条路中,可有您丢失的路?"

帐中忽然笑声朗朗,老者说:"你说的东南西北,我都不去。是的,孩子,我找回了自己的路,我已经到家了。哈哈!"

聪俊顿时如释重负,不由回头去看老者儿子,谁料此时他早已将手中的刀收起,头上的包布也已摘去,一头亮丽的乌发散落下来,一对闪闪的大眼睛里盈满了泪珠,正痴痴地望着聪俊。

这不是如玉妹妹吗?聪俊禁不住心花怒放,突然悟出了什么,忙转身去掀帐帘。

老者已从床上坐起,聪俊忙跪地叩拜:"大伯,您可安好?"

老者笑吟吟地说:"孩子,别多礼了,快快起来……"

一旁的如玉姑娘早已羞得面如桃花,娇声道:"聪哥,你真傻,还不快扶爹爹回家?"

于是夜色中,聪俊和如玉搀扶着老人,踏上了归家的路……

（甘畅颖）

（题图:黄全昌）

一吻三十年

　　从前有座山，山上有座庙，庙里住着两个和尚，老和尚银须白发，小和尚眉目清秀。

　　庙前不远地方有条河，河里的水常年不停地流啊流，流到山下的村头上。村头有户人家，爷爷精神矍铄，孙女活泼可爱，爷爷常带着孙女到山上的庙里来，找老和尚下棋，于是孙女和小和尚就成了好朋友。

　　小和尚知道孙女的名字叫"喜儿"，这天爷爷又来找老和尚下棋，喜儿就拉着小和尚去河里摸鱼。

　　喜儿把裤腿挽得高高的，露着藕一样的小腿肚晃着要下河去，小和尚说："喜儿，你的腿真好看。"

　　"真的?"喜儿笑了，头一歪，说，"嘻嘻，你也好看呀!"

小和尚摇摇头："哪有你好看。"

"好看,就好看!"喜儿说,"你的头多好看,圆圆的,光光的。"

小和尚一听,不觉有点生气:"你这是在笑话我呢!"

"我说的是真话。"喜儿很认真地说着,还伸过头去,"叭"在小和尚的脸上亲了一口。

这一来,小和尚心里就有点麻麻的,他对喜儿说:"刚才的感觉真好,要不你再亲我一下? 我就不生气了。"

"不行,只能亲一下。"喜儿朝小和尚摇摇手,"咚"地跳进河里,朝他泼起水来。

小和尚招架不住了,想了想,说:"那你答应我,光亲我一个,以后不亲别人,好吗?"

喜儿问:"为什么?"

小和尚说:"因为我们是好朋友啊,我就想让你光亲我一个。你要亲了别人,做了别人的好朋友,我心里会很不好受的。"

喜儿笑了:"谁让我们是好朋友呢,我答应你。"

"我们拉钩吧?"

"拉钩就拉钩!"

两个人于是就真的在河边拉起钩来。这一天,两个人玩得特别开心,晚上睡觉的时候,小和尚想起白天的情景就笑,梦里竟笑醒好几回。

过了两天,爷爷又带着喜儿上山来,正好走过一队迎亲的,新娘坐着彩轿,新郎骑着大马,敲锣打鼓,好不热闹。

看着这支热闹欢快的队伍走出很远,喜儿突然"扑哧"一声笑了起来。

小和尚问她:"你笑什么?"

喜儿说:"我以后长大了给你当媳妇,好不好?"

小和尚使劲地点头。

儿时的嬉戏伴随着年龄的增长渐渐远去,小和尚十八岁那年,师父给他受戒,那天,庙里来了很多人,除了附近庙宇的僧人和庵里的尼姑,山下的喜儿和她爷爷也被请来了。

喜儿看着老和尚给小和尚点戒疤,站在一旁直流眼泪,爷爷问她为的啥,喜儿说她是为小和尚高兴。

小和尚看到喜儿泪光莹莹,老和尚问小和尚是否有未了的心愿,小和尚看了看喜儿摇了摇头,闭上眼睛受了戒。

没过多久,喜儿出嫁。喜儿对丈夫很贤惠,丈夫也很疼喜儿,可是丈夫总觉得喜儿心里有事放不下,可问喜儿,喜儿又不说。

喜儿三十五岁那年,突然得了一场大病,在床上躺了三个月也不见好。眼看着就要咽气,丈夫心有不甘地对喜儿说:"我想求你个事,咱俩在一起都这么多年了,你一直没亲过我,我求你亲我一下吧?"

喜儿却摇摇头:"你说什么我都答应,就这不行。"

丈夫伤心地说:"你都已经是我的人了,为什么不能亲我一下?"

喜儿转过头去,轻轻地说:"对不起,如果那样做,我心里会很不好受的。"说这话的时候,丈夫看到喜儿的眼角里流下两行泪来。

当天夜里,喜儿就走了,走的时候,神情很安详。

第二天,丈夫请来庙里的和尚为喜儿超度,这个和尚就是喜儿儿时的好朋友小和尚,三十年弹指一挥间,老和尚圆寂了,小和尚长成了大和尚。

大和尚看到喜儿丈夫一直在伤心地流泪,就问他:"施主,为何而泣?"

丈夫说,他亏死了,因为喜儿和他在一起二十年,虽然待他很好,可就是一次也没亲过他。

大和尚一听,就使劲敲他的木鱼,颤颤地念:"阿弥陀佛,阿弥陀佛……"

(佚　名)

(题图:黄全昌)

# 与风水无关

　　刘三是个放牛娃,从小就和母亲相依为命,日子过得相当清苦。

　　这天,刘三照旧去替罗家放牛,他把牛赶到村后的老龙窝,自己就在一边逮蛐蛐玩。正玩得高兴,忽然从地头上走过来一胖一瘦两个风水先生,刘三好奇地瞅瞅他们,见那两人在离他不远的地方停下脚步,盯着他看了一会,然后低声耳语了一阵,就开始四处探看。

　　只听胖子说:"好地,好地,如果有谁占得此风水,当世即可发达,还可惠及子孙。"

　　瘦子却摇头:"不然! 我看这地方是处死穴。"

　　胖子很不服气地争辩说:"这里肯定是处活地,不信我给你验看一下。"说罢,他不慌不忙地从袖笼里取出一只鸡蛋,放在地上,"如果我没说错,明天这只鸡蛋就会孵出小鸡来。"

瘦子听了"扑哧"一笑:"这怎么可能?"

胖子也不和他争辩,找来些石子,把鸡蛋掩起来,然后就拉着瘦子走了。

刘三把这一切都看在眼里,回家后就把这事儿一五一十告诉了母亲。

母亲想了想,对刘三说:"我给你一个鸡蛋,明天一早你去老龙窝,如果真有小鸡孵出,你就用这个鸡蛋把小鸡换回来。记住,换了后要照原样把石子掩好。"

刘三听了,扑闪扑闪大眼睛,高兴得直点头。

第二天一早,刘三兴奋地揣着鸡蛋去老龙窝,跑到那里一看,你猜怎么着?那堆石子下面竟真有一只"啾啾"鸣叫的小鸡。刘三瞅瞅四下无人,就把石子移开,把鸡蛋放进去,把小鸡捧出来,然后把石子按原样重新掩好。他把小鸡捧回家,母亲很高兴,催他赶快去罗家把牛牵出来放了,然后再去老龙窝看个究竟。

日上三竿时,那两个风水先生飘然而至,他们来到石子堆跟前,掀开一看,胖子惊呼:"奇怪,奇怪,怎么会孵不出小鸡来?这明明是一处活地嘛,莫非我看走了眼?"

瘦子笑他:"我说这里肯定是一处死穴,嘿嘿,你还不信。"

胖子不服气:"不可能,凭我多年的经验,这里是一处官脉。这样吧,我们再验一次,如果还是不灵,就算我输。"说着,他抬手从旁边一棵还没发芽的柳树上折了一根柳枝,往地上一插,说,"这柳枝明天肯定会发芽。"

瘦子不屑:"等着瞧吧,肯定还是你输。"

当夜,刘三又把白天看到的情景跟母亲学说了一遍,母亲听了对刘三说:"明天你再去看看,如果柳枝发了芽,你就把它拔出来,再另外插上一根。"

第二天清晨,刘三早早地就去罗家把牛牵出来,随后就赶着它们兴冲冲地来到老龙窝,一看,柳枝真的发出了绿绿的嫩芽,刘三连忙爬上树,折了一根柳枝插在那里,把那根发芽的柳枝拔出来喂了牛。

一会儿,那两个风水先生又来了。

瘦子一看,大叫道:"看看,快看看,柳枝没发芽,我说得不错吧!"

胖子颓丧地直摇头:"怪事,怪事,这明明是一处活地,怎么会这样? 罢罢罢,从今往后我也不看风水,老死在斜山算了!"

说罢,胖子走到正站在不远处看着他们的刘三跟前,抚着刘三的头问:"娃,多大了?"

"九岁。"刘三脆生生地回答。

"你觉得放牛好不好?"

"好! 你看我放的这十几条牛,都听我的,我可以指挥它们,让它们到哪就到哪,村里人都称我是'牛将军'呐!"

胖子听了击掌大笑:"娃呀,你天资聪颖,前途不可限量,当了兵,说不定能当将军呢!"

刘三似懂非懂地听着,一直到看着他们俩走远。

回到家里,刘三把胖子的话跟母亲一说,母亲喜欢得不得了,连连说:"我儿大幸,我儿大幸,难得有这样的机会。儿呀,只要我家占了这块风水宝地,你何愁没有出头之日? 不过,这老龙窝是罗家的田产——"母亲想了想,附耳对刘三道,"你明天见了罗家罗善人,就这么跟他说……"

刘三听了,点点头。

天一亮,刘三就去了罗家,一到门口就放声大哭。罗善人本是仁慈之人,闻声出来一看,见刘三哭得可怜,忙把他从地上拉起来,问道:"孩子,你因何而哭?"

刘三抽抽噎噎地说:"罗老爷,我给你放了三年多牛,你也知道我家光景,我母亲身子一天不如一天。听老人们说,'万事孝为先',我家现在无立锥之地不说,想我那可怜的母亲,竟连百年之后都没有地方安葬,呜呜……"

罗善人擦去刘三腮边的泪,感叹一声:"难得你有如此孝心哪!咱村的大半田产都是我罗某的,你自己看着,觉得你娘百年之后安置在什么地方合适,尽管说来我听。"

刘三一听,立刻止住了哭,说:"罗老爷,我也不指望别的地方,要不到时候就让我母亲葬在我替你放牛的那块地儿,让她百年之后还能在地下陪陪我,行不?"

罗善人听了哈哈大笑:"你说的是老龙窝? 好说,好说,到时候你尽管用就是了。"

刘三一听,忙跪倒磕头:"谢罗老爷恩赐! 不过……罗老爷能不能给我立个字据?"

"哟,这孩子,看不出你小小年纪还怪有心眼儿的。行,就依你说的办。"罗善人说罢就拿过纸来写下字据,让刘三带了回去。

转眼三年过去了。这年秋天,刘三母亲身体不适,她感觉自己大限已到,就把刘三叫到床前,拉着他的手说:"儿呀,这一关我恐怕是逃不过去了,你好自珍重吧! 所幸我家还有块风水宝地,既然当初先生说你当兵有出息,娘走后,你就不妨走走这条路。记住,他日若有出头之日,你一定不要忘记找到那两位先生,替娘谢谢他们。"说完,一口气没喘过来,就闭了眼睛。

在村里人的帮助下,刘三安置完了母亲的后事,仍然每天去放牛。这时的刘三似乎一下长大了许多,他时刻记着母亲的嘱咐,放牛之余就舞枪弄棒,还拜一位教书先生读书识字。这样不知不觉又过去了三年,他长成了一个孔武有力的少年。

其时战火不断,朝廷为了补充兵员,到处招兵买马,罗善人是一村之长,接到征兵命令后不住地唉声叹气,因为谁都知道,那时候当兵就是往火坑里跳啊,谁家肯把孩子送去? 刘三知道了这事,心里暗暗盘算:罗老爷对我有恩,我倒不如前去应个差,一来可以解罗老爷公务之难,二来也救了众乡亲之急。再说,当初风水先生说自己发达当从军中来,我这样做岂不三全其美?想到这里,他拔腿就去找罗善人。

罗善人一听,真是又喜又忧:喜的是终于有人愿意来报名了,忧的是刘三人太小,可能不够招兵标准。果然,这天负责招兵的标统大人来村上点验兵员,一眼瞥见刘三就连声喝道:"去去去,谁家娃儿到这里来闹着玩儿!"

刘三却毫不慌张,一本正经反问标统大人:"军爷,你是来招兵呢,还是来挑高粱秆儿?"

标统大人一愣:"当然是招兵了。"

"那就好!"刘三不慌不忙地从衣兜里掏出一把豆芽菜,接着又掏出一捧稻米,递到标统大人面前。

标统大人愣住了,不知道刘三这是什么意思。

刘三先把豆芽菜填进嘴里,又将米粒扔到地上,然后使劲嚼嚼豆芽菜,说:"豆芽菜虽长却空为菜,而稻米粒小反结果实。"

标统大人一听,心里不禁暗暗称奇,这才把刘三仔仔细细打量一番,收下了这个小兵。

刘三应募来到济南府当兵,由于为人机敏,口才又好,加上在几次战斗中表现出色,渐渐赢得了上司的器重,终于一步步得到提拔和重用,从一个毛头小兵逐渐升到总兵之职,这年他刚满二十二岁,成了当朝最年轻的三品大员。

一日,刘三率兵路过家乡,触景生情,不禁想起了自己一步步走过的路,还有母亲临终前的话。是呀,做人不应忘本,应该去谢谢那两位风水先生。可怎么找到他们呢?他想起当年那胖子说过的要"老死在斜山"的话,便立刻挥鞭策马奔斜山而去。到了斜山脚下,刘三下马向打柴的山民打听消息,山民说,山上确实住着这么一胖一瘦两个人。

刘三于是便跟着山民上山,走到半山腰时,山民指着前面一座木屋,说:"他们就住在这里。"刘三趋前几步走到门前,高声叫道:"两位先生,刘某这厢有礼了。"

"谁呀?"门"吱呀"一声开了,木屋里走出一胖一瘦两位老者,刘三发现,数年不见,两位老者已是须发皆白,但模样神态却一点没变。

看着他们惊讶的样子,刘三立刻跪道:"先生,我就是你们当年在罗家庄老龙窝看到过的那个放牛娃刘三呀,如今我已擢升为济南府总兵,今天是特来向两位先生道谢的。"

两位老者一听,惊喜道:"噢,原来你就是那个放牛娃?可喜可贺,可喜可贺呀!总兵大人请起,不必如此客气,这一切其实与风水无关,都是你自己通过努力获得的,何谢之有?"

刘三却不肯起来,跪在地上说:"晚辈能有今天,全赖先生法眼通神,让我家占了一块风水宝地。"

瘦者一听,连连摆手:"总兵大人,此事确实与风水无关,当年我俩路过贵地,见你天赋不错,只是一时兴起,才想了这么个法子来点拨你。"

刘三却不解:"那鸡蛋和柳枝发芽之说,又作何解释呢?"

胖者笑道:"大人明察!当初那鸡蛋在我袖中时日已久,日日感受我的体温,那天不过是刚好到出壳的日子罢了;至于那柳枝,其实那时正是发芽时节,枝内的汁液已经开始流动,我把它插在湿地里,受了一夜地水的滋养,自然就抽出芽来。其实世上哪有风水一事,我俩只不过耍了一个小聪明,给你心中留下一个念想,让你为了这个目标去努力罢了。大人能有今天,都是你自己争取得来的啊!"

刘三听罢,如梦方醒……

(赵思君)

(题图:黄全昌)

# 一碗鱼汤

元朝末年,瘟疫不断,饥荒连年。

这年临近年关的一天,山东沂州石楼村的陈员外正在开粥布施,管家来报:"老爷,村外又来了一伙逃难的,领头的是个算命先生,是不是要另外招待?"管家知道陈员外一向对算命先生格外看重,所以才来请示。

果然,陈员外吩咐管家说:"你把村东头的破庙收拾出来,让他们暂住几日,好生招待。现在,你先带我去看看他们。"

算命先生张本没有想到陈员外会亲自来看他们,马上要过年了,能得到陈员外的照应,在庙里过个舒服年,对他们来说,简直是天降喜事。

见了张本,陈员外上下打量他一番,又和他寒暄了一阵,临走的时候还邀他说:"先生哪天到舍下一坐,我们好好聊聊。"

陈员外这么热情,张本就不免有点奇怪,他悄悄拉住管家讨问究竟,管家说:"老爷对算命先生格外高看,不过你要真有本事,得拿出来让他心服口服才行。"

张本听明白了管家这话,送走陈员外后,他得意地对他那伙人说:"你们都看到了吧,以后只要安守本分地跟着我,准保能过上好日子。"张本说这话的时候,特意盯了一眼躲在角落里的一个女人。这女人叫春,眼下正有孕在身,她知道张本一直在打她的主意,心想:自己再不快想办法,早晚得被他得手。

第二天吃完早饭,趁张本去拜访陈员外,春就悄悄离开了破庙,她候在陈员外府门外,直到看到张本离开,才凑上去跟门房答话,说自己是陈员外的远亲,让门房进去给陈员外通报。

见了陈员外,春"扑通"一声就跪了下来,她隐去自己和张本的瓜葛,只说自己带着身孕逃难至此,走投无路,希望卖身为仆,在陈员外府上讨口饭吃。巧的是,陈员外的夫人这时候也正好喜怀六甲,需要人照顾,陈员外看春长得干净利落,于是就点头让管家将春带下去安顿。

到了腊月二十三小年这天,陈员外让管家把张本请来,他特地设了酒席,把下人都打发了,连管家也支开,想让张本给他没出生的孩子算算前程。

张本想了想,对陈员外说:"请老爷记住,大年三十夜,您去村东您家祖坟上看看,那里有一个四方形的水洼,洼里有两条鱼,您把它逮上来炖了给夫人吃,然后来见晚生。"

陈员外一听,问:"如果到时候没鱼怎么办?"

张本眉眼一挑:"没鱼晚生立马走人,绝不再叨扰老爷。"

陈员外要再问个仔细,可张本说"天机不可泄漏",并一再叮嘱:"这事老爷万不可向夫人说明,一切看造化,否则就不灵了。"

被张本这么一说,陈员外心里痒痒得不行。好容易熬到大年三十晚上,他兴冲冲来到村东祖坟上,果然在一个四方形的水洼里看到有两条鱼,顿时喜出望外;要不是祖上显灵,北方三九寒天哪会有鱼?他立刻把鱼逮上来,拿回家后叫炖了给夫人吃。

那陈员外夫人这时候刚刚吃了头道年夜饭,正和伺候在一旁的春说着话,见端来一盆炖鱼,心里十分不爽。为啥?夫人平日最不喜欢吃的就是鱼,怀孕后更是闻到鱼味就恶心。但端鱼来的丫环说,这是老爷吩咐了的,一定要夫人把它吃了,夫人只好强忍住火,没有发作。

而这个时候,陈员外已经直奔庙里去找张本了。张本听陈员外将前后经过如此这般一说,倒头就拜:"恭喜员外,这是天大的喜事啊!"

陈员外更加心急:"你倒是说清楚呀,到底是怎么回事?"

张本压低嗓门道:"夫人胎中的孩子,将来一定是个帝王。"

陈员外闻言大惊失色:"先生可不能乱说,这话传出去是要杀头的呀!"

谁知张本的神色却更加凝重:"老爷,晚生岂能不懂这个道理?晚生绝不是信口雌黄。在北方,不要说水洼,就是大河,寻常日子都罕见大鱼,何况眼下是冰天雪地的年关。晚生虽然不才,但找个安身之所混口饭吃总不是难事吧,何苦要到处流浪?晚生就是为了这鱼儿而来。晚生的师傅是个世外高人,他留下遗言,让晚生一定要找到这个孩子,成全他。现在晚生想问老爷的是:不知老爷是否能肯定夫人一定吃下了那两条鱼?"

陈员外一听愣住了,后悔自己没有亲眼看着夫人把鱼吃下去,而且他突然就想到了夫人平时最不喜欢吃鱼的事,急得额上直冒冷汗。他问张本:"万一这两条鱼夫人没全吃完,又当如何?"

张本一听,不由皱起了眉头:"如果夫人将这两条鱼扔了,这倒没什么,只是孩子将来的帝王之路会走得稍稍艰辛些。可如果被别人吃去，那就麻烦了，如果这个吃鱼之人恰好也有孕在身，那她生的孩子即为大贵。老爷，如果真是那样，您可千万不要手软，快刀斩乱麻把那孩子除掉，那王位就还是您老爷家的。"

陈员外一听，赶紧回家，把房门关紧了，问夫人："那两条鱼呢？"

夫人奇怪地看着他，说："我吃了呀，不是你叫我吃的吗？"

陈员外一听心里的石头这才落了地，于是便一五一十把张本的话向夫人学说了一遍。

谁知没等陈员外说完，夫人的脸色已经白了，浑身哆嗦地惊叫道："老爷，这先生为什么不早说呢？我闻着这鱼腥味儿太重，实在吃不下去，又怕你生气，所以就让春替我吃了。"

"什么？"陈员外疯一样地跳起来，第一个念头就是马上去把春杀了。可转念一想，他觉得事关重大，万万不可贸然行事，于是就对夫人如此这般交代了一番。

随后，陈员外把管家叫来，说夫人突然发现房里丢了好多名贵首饰，这几天只有春来过，这事儿肯定是春干下的，他让管家去把张本请来，一起问春。

片刻工夫，张本来了，一看陈员外神情，就知道事情出了岔子，但当听说吃鱼的也是个孕妇，就安慰说："老爷别着急，这事儿好办，只须把那女人肚子里的孩子堕掉就行。不过，老爷要舍得破财啊！"

陈员外自然爽快答应："先生尽管说，钱乃陈某身外之物。"

张本于是便道："老爷，您若是信我，就赶紧带夫人离开这里，但凡风水宝地，出真龙之前风头都太劲，若是不避，以后会伤及孩子。最好的办法，就是您带夫人去另外地方重新安家。"

张本正说着，管家突然闯了进来，慌慌张张地报告："老爷，那贱女人不见了！"

陈员外大惊："赶快去追！我活要见人，死要见尸！"

其实,春是刚才在夫人房外听到陈员外话后感到事情不妙,赶紧收拾了东西逃走的,所以现在管家带着家丁去追,哪里还找得见她的踪影?管家知道无功而返照实说,陈员外一定不会饶过他,于是就和家丁统一口径,说是追到悬崖边亲眼看见春跌下了百丈深渊。

谁都知道,不要说是怀孕妇人,就是武林高手,这一跌也会跌得个粉身碎骨。陈员外信了管家这话,了却心头大患之后,他就着手把手头的买卖向外乡转移,至于大宗田地和宅院,就作为对张本的酬谢送给了他。

管家一家老小都在本地,管家这时候年纪也大了,不想再追随陈员外远去,陈员外心里对他很有些不舍,但想想留一个亲信下来给自己照看祖坟也好,于是就给了他足够的银两,随他意了。

没想两年后,陈家大院突然起了一场大火,宅子被烧了个净光不说,张本和管家都在大火中丧了生。不过巧的是,就在起火前一天,有人听到张本和管家在宅院里大吵,这才知晓陈家大院这几年变迁的来龙去脉。原来关于那两条鱼的事,竟是管家和张本串通一气编出来的,他们设下计谋让春吃鱼,以便除掉春肚子里的孩子,让张本占有春,更可以让陈员外远走他乡,把带不走的家产留给他们。后来一切都按照他们的预谋实现了,只有春的出逃是个意外。

据说,春逃走后不久就生下了一个男孩。孩子刚懂事,春就告诉他关于帝王的那个说法,这说法本来是假的,可这孩子有了念想,居然真的成了一代帝王,他就是明朝开国皇帝朱元璋。至于陈员外的孩子,传说是后来和朱元璋争夺江山的陈友谅,他关于帝王的念头也是父亲陈员外从小就灌输的,可惜他终究被朱元璋的一把大火烧死。

(寒 梅)

(题图:黄全昌)

乾隆赎号

　　清乾隆年间,江南一家客店的一个客房里,歇着一位操北方口音的客人,这客人身份非同小可,他就是微服私访下江南的当朝皇帝乾隆。

　　这天天刚蒙蒙亮,乾隆就听到客店伙计"咚咚咚"拍着隔壁房门在喊:"朱乾隆,天亮了,该上路了。"乾隆心里不觉一惊:天底下竟还有第二个敢称"乾隆"的人? 他连忙翻身起床,拉开房门,只见从隔壁客房里走出一位须发皆白的老人,便迎上去问:"老人家,你也叫乾隆?"

　　老人满不在乎地"嗯"了一声,算是回答。

　　乾隆见老人如此无礼,本想治他的罪,但看他一副庄稼人打扮,老实巴交的样子,不像是故意盗用皇号,便压下火气道:"你可知当今皇上的年号是乾隆？盗用皇号是欺君之罪，你大难当头了！"

老人瞥了乾隆一眼，不卑不亢地反问道："你说我盗用皇号？我老汉今年六十八了，打从娘肚子出来就用的这个名，他皇上登基才几年？你说说，是我跟他叫的乾隆，还是他跟我叫的乾隆？"

乾隆被老人问得哑口无言，但他毕竟是当今皇上呀，眼珠一转，便吓唬老人说："自古道'民不与官斗'，你现在却要与万民之上的皇上斗，难道就不怕杀头吗？"

老人"嘿嘿"笑道："皇上既然忌讳我与皇号同名，他就不会杀我。"

"为什么？"乾隆愣住了。

老人不紧不慢地说："你想嘛，皇上要杀我，那我就是钦犯，而杀钦犯是要昭告天下的，到时候普天下人都嚷嚷'乾隆被杀'，不是更犯忌吗？"

"那……皇上不会悄悄杀了你？"乾隆紧追一句。

"那又有什么用？"老人继续不紧不慢地说，"儿孙们若寻不到我尸身，肯定会立'乾隆'的牌位供奉我。你想，如果每天香火缭绕的，那皇上还能自在得了？"

乾隆见一个山野村夫竟敢如此与自己较劲，不由动了肝火："皇上的权力至高无上，难道你就不怕满门抄斩？"

没想老人倒是很镇静，冷冷地回敬他道："皇帝是有权力，可权力再大，他能管阎王老子？皇上真要杀我，阎王就会销我乾隆的号；杀我一家，阎王就会销我乾隆一家的号。难道皇上就不忌讳大清的江山到此了结吗？"

听老人这么一说，乾隆心里不由又惊又怕，因为他平时最忌讳的就是这个。他赶紧把老人拉进客房，捧出几块元宝，说："大清的臣民理应尊敬皇上，这样吧，我送你些银子，你不如把名字改了吧？"

老人是个挺有见识的人,从刚才的对话中他已经把乾隆的身份猜了个八九不离十,所以现在他决定见好就收,于是就收下银子说:"难得客官对皇上一片忠心,改名就改名吧! 只是……我叫什么好呢?"

乾隆见老人愿意改名,非常高兴,略一思忖,说:"我看你身板硬朗,虎气十足,就改名'坤虎'吧?"

"好,好。"老人满口应承,"托客官的洪福,那以后我就叫朱坤虎得了。"

老人虽然改了名,但乾隆还是有块心病,始终忌讳老人曾用过皇号,一旦有个三长两短,对自己可能不利,于是回京后便派钦差将老人接到宫中供养。

老人倒也长寿,到一百零七岁才寿终正寝。为怕后人写错,乾隆亲笔御赐"朱坤虎灵位"灵牌,并派钦差护送其灵枢及灵牌,将老人送回老家安葬、供奉。

(袁望来)

(**题图**:李 加)

# 一条生路

　　这年春节刚过,瓜州乡野间年气还未散尽,五塘村屠夫卢来根家却陡生不测:十六岁的独子卢文祥几天前突然不见了踪影。

　　卢来根虽然有放血的手艺,无奈杀猪生意清淡,一年到头也挣不了几个钱,而妻子又是个多病之身,倒是儿子文祥自幼聪颖好学,又长得一表人才,正立志为日后进京大比而苦心攻读,乡邻们也都说这孩子将来定会出人头地,因此卢家把一辈子的希望都寄托在了文祥身上。可现在文祥突然遭遇不测,卢来根和妻子整日以泪洗面,睡梦中都在呼唤文祥快快回来。

　　好不容易熬过了半年,就在卢来根夫妻俩想儿子都快要想疯了的时候,瓜州境内出了一桩凶杀案,官府四处张贴布告,要缉拿案犯。卢来根已经多日不曾外出,闻听此事十分好奇,这天就迈出家门，上街去看看。

谁知村邻们在街上见了卢来根，竟像躲瘟神似的绕开他走。这是怎么了？卢来根心里不觉纳闷，远远望见街墙边张贴的缉凶布告，他上前一看，惊得差点尿湿裤裆——布告上画着的案犯头像，正是他和妻子苦苦惦记的儿子文祥。天哪，你个混账东西，怎么惹下如此大祸啊？卢来根心里真是又生气又害怕，连屁都不敢放，缩起脑袋哈起腰，沿着小路溜回家，插死了大门。

妻子听卢来根如此这般一说，也惊得张大嘴巴哆嗦了半晌，说不出一句囫囵话来。

半夜里，只听外面电闪雷鸣，风雨交加，夫妻俩心里七上八下的，怎么也无法入睡。

谁知就在这时，忽然响起一阵"啪啪啪"的敲门声，卢来根心里一怔，慌忙吹灭了烛火，竖起耳朵，大气不敢出一口。

"啪啪啪"又是几下，还夹着颤抖的叫声："开门，是我，我是文祥……"一听是文祥，卢来根赶紧就去开门。

进来的果真是文祥，落汤鸡似的，一个跟跄栽进门，叫了声"爹"，又喊了声"娘"，接着就耷拉着脑袋歪坐在了墙边的椅子上，双目无神地大口大口喘着粗气。

见此情景，卢来根急着问："文祥，这半年多来你在外面都干些什么了？是不是惹下什么大祸了？"

"爹，你别问了，我饿……"文祥有气无力地支吾着。

妻子在旁边早将儿子上上下下打量了一遍，发现他衣裤上隐隐有几处紫黑的血迹，脸上和脖颈之间也留着尚未结痂的破痕。妻子与卢来根两眼对望，不觉叹了口气，随后就去拿来衣服替儿子换了，又赶紧热了饭菜端来。

文祥狼吞虎咽地将饭菜全倒进了肚里，然后说了声"我困"，便一头栽倒在床上呼呼睡了过去，那睡相简直像死了一般。

夫妻俩此时真是心乱如麻：看文祥这样子，真就像犯下了事儿,要被官府缉拿了去,他就是死罪啊。怎么办?

　　妻子从箱里翻出多年攒下的几个银钱,又从手上摘下祖传玉镯,打了个包裹递给卢来根,说:"他爹,趁夜里风大雨猛,快让文祥逃命去吧,逃得越远越好,等到天亮怕就来不及了。"

　　卢来根摇摇头:"往哪逃? 现在外面风声正紧,说不定路口要道官府都设了卡子呢,出去岂不是送死?"

　　"可是,总不能眼睁睁看着文祥上断头台呀!"妻子"嘤嘤"地直哭,"本指望儿子将来能出人头地,可这下连命都保不住了。"

　　谁知卢来根却突然"霍"地站起身来,说:"别哭,我看文祥还有一条生路。"

　　"他杀人犯的是死罪,除了逃命,还有什么路可走?"妻子伤心得泪水直流。

　　可是卢来根的两只眼睛却直直地盯着靠在墙角竹篓子里的那把杀猪刀,他嘴里一字一顿吐出六个字来:"下狠心,阉了他。"

　　妻子一屁股差点坐到地上:"你……你是说,让他做太监,当皇差去?"

　　在大清,按朝廷规定,无论何时何地,民间只要有人阉割净身,就算是愿意给皇上当差,各地官府就要对他保护,即使是犯了死罪,也会被赦免,由专人专程护送进宫,从此一辈子做太监吃皇粮。眼下对于文祥来说,这倒确实是一条死里求生的路。

　　可阉割是极其残酷的手术,弄不好还会送掉性命,过去人家为送孩子进宫当太监,都是去专门的地方聘请正宗的"阉人匠",但那得花不少银两,这会儿不要说这笔阉钱上哪儿去凑,就是阉人匠又能从何方请来?

　　妻子还在犹豫,可卢来根却已拿定了主意。早年闯江湖流落各地时,卢来根曾亲眼看到过一户穷人家,因请不起阉人匠而自己动手,雇了几个壮汉来家里放倒男孩,两个人压腿,两个人捺手,一个人摁头,孩子爹自己操刀,其情景虽然惨烈,但最后还是阉成了的。只是现在，文祥已是被通缉的案犯，操刀时万不能惊动外人，而且仅凭夫妻俩又如何下手？

不过，卢来根还是很快想出了办法，如此这般给妻子一说，妻子吓得冷汗直冒："我下不了这个狠手。"眼看此时夜已过半，卢来根急得额上青筋直暴，抱头在屋里乱窜，最后，他"扑通"给妻子跪了下来："儿他娘，十指连心，谁愿下狠手哟？可咱现在不下这个狠手，天亮文祥就会丢了性命。咱好歹赌它一把，总比等着让人砍了文祥脑袋强啊！快，快给我做个下手吧，啊？"

为了给文祥一条生路，妻子终于下了狠心。趁着熟睡中的文祥还没醒来，妻子先轻轻扒了他的内衣，卢来根用麻绳将文祥仰面绑牢在杀猪凳上，又用两条稍矮的长凳八字形摆开，分别用麻绳固定住文祥的两条腿。文祥自然有些力气，被惊醒后慌乱中发出一声惊叫，妻子赶紧用衣巾塞进他嘴里，然后将身子死死压在文祥腿上。卢来根不愧一介屠夫，他将杀猪刀先在自己衣襟上擦拭干净，再端起酒碗含一口酒喷在刀刃上，接着冲堂前"咚咚"磕了两个响头，然后就咬牙瞪眼，气憋丹田，抬手举起了刀。只见一道寒光闪过，卢文祥两眼一翻昏死了过去……

在夫妻俩的精心看护下，脸如白蜡的文祥五天之后终于慢慢苏醒过来……

这天一早，卢来根上街去为文祥添药，忽见前面人涌如潮，说是前些天的杀人碎尸案已经告破，官府正押着凶手游街示众。卢来根听了心中不由一阵惊疑，夹在人堆里望去，发现前面马车上的木笼里，铁链果然锁着一个少年，他胸前的牌子上赫然写着"杀人犯卢文祥"。卢来根脑子里"轰"地一下，赶忙向路人细细打听，不由惊得目瞪口呆。

原来事有凑巧，这凶犯不仅与文祥同名同姓，就连相貌也十分相像，而且凶犯所在的五唐村，跟卢来根这五塘村，"唐"、"塘"两字只相差了一个"土"字旁。唉，怪只怪卢来根那天看缉凶布告时心慌意乱，一时竟没能分辨清楚。卢来根顿时心如刀绞。

　　回到家中，几经细问，原来文祥突然失踪半年，其实是被人用蒙药迷昏后塞入麻袋，转手卖给了一个人贩子。受尽摧残和折磨后，文祥曾几次逃跑，可都被抓回痛打。那天夜里他逃回家时，已是历尽艰辛，几天几夜都没吃没睡……

　　听罢文祥这一番述说，卢来根心里真是懊恨啊：可怜而又无辜的儿子，竟就这样被自己爹娘亲手给阉了。

　　自从那夜对文祥下狠手后，本已是体虚心衰的卢来根妻子连惊带吓，此时得知真相，更如万箭穿心，当即便眼斜嘴歪，口吐血沫，一命归了西。

　　痛定思痛，卢来根很快便不再懊恨：既然木已成舟，那么就认命吧，能让儿子进宫当皇差有何不好？毕竟那是一条通往锦绣前程的路啊！想当年，卖皮硝的李莲英不就是因此而步步高升的？想到此，卢来根倾其所有买来好药，精心给儿子治伤，又买来鸡鸭鱼肉，竭力给儿子滋补身体，日夜守护在儿子跟前。

　　漫长的三个月过去后，文祥终于能从床上爬起来了。卢来根眉飞色舞地去瓜州府击鼓报信，谁知迎头而来的却是一盆冷水：时值大清皇室摇摇欲坠，朝廷已经下旨，自此之后，凡民间自阉净身者，一律不再入宫。

　　眼看前程灰飞烟灭，已成为废人的文祥不觉泪如雨下，放声悲号："爹，娘，你们为什么要毁我？我恨你们，恨你们！"

　　这下卢来根彻底垮了，从此变得精神恍惚。转年一个春日里，他将文祥叫到床前，摸出一个油纸包打开，里面竟是那用油炸过的当初割掉的阳物。他叹了一口气，对文祥说："儿子，这宝贝你要把它留到百年之后一块儿殓进棺材，才能入祖坟，你下辈子就还是整身。"说完，抓起杀猪刀自刎而死……

　　　　　　　　　　　　　　　　　　　（叶林生）

　　（题图：黄全昌）

# 奇 谭 趣 志

盛衰兴亡,总有一天会风云散尽。最后,古今多少事,都沉淀在了那些亦真亦假的故事里。

　　从前,北方一个叫会贤镇的小城里,有一处卖茶叶的商铺,
开铺子的老板姓李,由于李老板为人厚道,铺子里卖的茶叶货真
价实,所以生意很红火,只几年工夫,李老板便发了财。

　　李老板的房东叫赵才,开着一只杂货铺,李老板平时和他以
兄弟相称,关系处得很好。这天,李老板对赵才说:"赵哥,我出
来做生意有好些年头了,总算攒下些钱,我很想回老家去奉养父
母,所以这茶叶铺的生意以后就不再做了。这些年来,你一直待
我亲如兄弟,我无以报答,心里十分惭愧,以后若是有机会,我出
来看你,不知给你带点什么好?"

　　赵才听说李老板要走,心里自是十分不舍,但奉养高堂乃天
经地义,于是他便对李老板哈哈笑道:"好一个李兄,你真是大孝

子啊！这么着吧，以后你若真能再来贱地，就带把茶壶给我吧，听说你们老家的茶壶名闻江南呢！"

李老板一听，连连点头："好，那咱们就一言为定吧！我一定会再来看你。"

时间一晃过去了三年。

这年夏日的一天，赵才正在杂货铺里忙活，只见一个人满头大汗地来到铺前，放下手中的竹箱，拱手作揖道："赵哥，久违啦！"

赵才抬头一看，惊喜地大叫起来："啊呀，这不是李兄吗？你果然来了！"

赵才赶紧拉李老板进院，在葡萄架下的石凳上就座，又沏上一壶茶，然后两人就迫不及待地互相问长道短起来。

叙谈间，李老板打开他带来的竹箱，对赵才说："赵哥，当初你说要我老家的茶壶，我给你带来了。"

"哎呀呀，难得你把这事儿挂在心上。"赵才心里非常感动。

可没想，当李老板从竹箱里将茶壶和茶碗拿出来放到石桌上的时候，赵才却惊呆了。为啥？那茶壶做得粗糙不说，要模样没模样，要颜色没颜色，圆鼓隆咚，黑不溜秋，茶壶的形状上小下大，看上去就像一泡牛粪堆在石桌上，那直直的壶嘴，就像牛粪上斜插了一段树枝，两个茶碗也是差不多的模样，要多难看有多难看。

这下，赵才的脸色不对了：李老板怎么弄这么个玩意儿来哄我？他不由脱口道："李兄，你们南方人一定是水牛见得太多，怎么做的茶壶竟然像泡牛粪？"

李老板一听赵才这话，脸上的神情就不免有些尴尬，他朝赵才笑笑，站起身来，说："赵哥，实在不好意思，我还要去看一个朋友，就不多坐了，明日再来你府上喝茶吧。"说罢，双手一拱告辞了。

李老板前脚刚走,赵才一个乡下表弟张三后脚就踏进门来。

张三是来镇上买东西的,一路赶得热,就到赵才铺子里讨碗水喝,他一眼看到石桌上的"牛粪茶壶",便好奇地问:"表哥,这是什么玩意儿?"

赵才皱着眉头说:"这是原先租我房子的李老板送的,亏他想得出来,送一把这么难看的茶壶来给我,就是沏上茶,也让人反胃。"

张三平时爱占个便宜,听赵才这神情、这口气,连忙接过话头道:"表哥,这壶你要真不喜欢,不如送给我吧,我们乡下人不讲究,拿回去能派个用场就行。"

"拿去吧!拿去吧!"赵才立刻朝张三挥挥手,"你想用就用,不想用就扔,可千万别再给我送回来。"

送走了张三,赵才就接着张罗他铺子里的买卖,把这事儿丢在了脑后。

话说张三,走了十几里山路回到家,已是黄昏,他进门便对老婆嚷嚷:"哎,我从表哥家要了把茶壶回来,你去涮涮,再用热水烫烫,咱日后好用。"

老婆过来一看,撇嘴就嚷:"这是什么东西哇,像泡牛粪,难看死了。"

张三朝她眼一瞪:"难看就难看,又没花你一文钱,嚷什么嚷?"

老婆不敢吱声了,接过茶壶便去刷,刷完后又倒上热水,把茶壶往桌上一放。

张三瞧着老婆一副不情愿的样子,又朝她一瞪眼,说:"你没看我走这大半天的路有多累?去,给我装锅烟来。"

老婆自然没得多话,颠颠地去给张三装了锅烟叶子,替他点上。

没料待张三刚把这锅烟吸完,屋子里忽然飘起缕缕浓香来,张三觉得很奇怪，就问老婆："你给我装的什么烟叶子，怎么有这么好闻的香味？"

老婆朝张三撇撇嘴："烟叶子有这香味？分明是茶香嘛！准是咱隔壁……"

可老婆话没说完，屋子里的清香味儿却扑鼻而来，越来越浓，张三心里嘀咕：不对呀，别说是邻居，就是整个村子里，谁家能喝得起这么香的好茶？张三猜来想去，突然眼睛一亮，掀开桌上这把牛粪茶壶的壶盖，果然一团香气从壶中缓缓飘出，在屋子里弥漫开来。

张三赶紧让老婆拿碗来，从壶里倒了半碗水，一口喝下肚去，直觉得舌润口甜、清香爽口，浑身的疲乏一扫而光。他老婆在边上看了，也拿过碗来喝，两个人便就这样你一碗、我一碗不停地喝，直喝到肚子都快胀破，而此时壶中的水依然清香如前。

"宝贝，这玩意儿原来是个宝贝啊！"张三立刻兴奋得手舞足蹈，他马上就想到赵才以后若是知道了此壶的妙处，必定会找上门来，不如赶紧一走了之，到城里去开个茶馆，保管今生财源滚滚，吃穿不愁。主意一定，他悄悄和老婆耳语了几句，两个人便连夜打点行装，匆匆离了家门。

再说李老板，第二天果真来赵才家里，说是要用昨天他送的那茶壶泡上一壶香茶，好好和赵才聊个痛快，当得知赵才已将茶壶送给了乡下表弟时，他立刻变了脸色，连连顿足："啊呀呀，你赵哥真是有眼不识金镶玉啊！"

赵才不知就里，冷冷一笑，不以为然地说："李兄，不就是一把牛粪样的茶壶吗？"

赵才说话这口气，犹如一盆冷水浇来，让李老板从头凉到脚。再一追问，幸亏那两只茶碗还在，李老板便叫赵才取来，在碗里冲进开水，片刻之间，碗里就飘出一股扑鼻的茶香，李老板让赵才喝一口，赵才一喝，只觉得满口清香，连喉咙口都是又润又甜的。

奇了,碗里没放茶叶,哪里来的茶香? 赵才的手不住地哆嗦:"李兄,这是怎么回事? 你快讲!"

李老板这才道出牛粪茶壶的奥妙。原来,李老板借赵才房子做生意多年,总想报答,回到老家后,他访遍当地的制壶名匠,终于找到一位老艺人,老艺人让李老板备下三十篓上等茶叶,让它们在三年内腐败成"泥",然后用这些"泥"做了这把茶壶,说以后只要往壶里注入清水,这水片刻工夫就会变成色香味俱佳的茶汤。李老板还告诉赵才,这两只碗是用做完茶壶后的剩泥做的,所以它们的力度不像茶壶那么厉害,最多用上二十年就会失效,到那时就和平常的碗没什么两样了。

李老板说:"昨天看到赵哥有些不高兴,我就没有直接讲明,本想今天给你一个惊喜,没想你已经把它送了人,实在可惜呀!"

赵才是生意人,听了李老板这番解说,自然明白这把茶壶日后将会给他带来什么。所以他也顾不上再和李老板寒暄,立即顶着炎炎赤日赶到乡下,谁知张三家里已是铁将军把门了。赵才这才悔恨交加,怨自己不该如此对待朋友情谊,他失去的岂止是一个宝壶,更是朋友间千金难买的友情和信任啊!

没办法,赵才只好无精打采地回家,从此终日闷闷不乐,郁郁成病。

而张三夫妻呢,据说就靠这把茶壶在城里发了财。不过后来战乱年间,此壶的奥秘被一个土匪头子知道了,这把壶很快就被抢到了他手里,人们从此就再也没见张三夫妻。再以后,就连这把模样像牛粪的茶壶也没了踪影……

(冯长山)

(**题图**:魏忠善)

# 宋体字和秦桧

宋体字直到现在还被广为使用,有人说宋体字是秦桧创造的。据说秦桧也是个读书人,自幼饱读诗书,还练得一手好字,他写的字风格自成一家,被称为"秦体字",自从他当上宰相后,这秦体字便风行天下。

秦桧害死岳飞后,知道自己难免被后人唾骂,常自我解嘲说:"功名富贵不过是过眼烟云,唯有我秦体字乃万世不易之业。"

后来,宁宗皇帝即位后,为岳飞平反昭雪。这时秦桧已死,秦桧原先的一些手下看情势不妙,连忙摇身一变向宁宗皇帝上书,列举秦桧种种罪行,要求禁止天下人再使用秦体字。

这就引起了一个人的不安。谁?官印局承办毕功。

毕功是北宋活字印刷发明人毕昇的后人,秦氏垮台,毕功寝食不安,因为秦体字是当时印刷业的通用字体,它横平竖直,方方正正,最适宜制版,一旦禁用,官印局数千个字模将全部报废,而且一时也没有更合适的字体来代替。然而毕功官小,没有资格直接去见宁宗皇帝,他思来想去,只好去求那些大臣,恳求他们去向宁宗皇帝说明情况,继续使用秦体字。

可当时,谁敢冒掉脑袋的危险去为秦桧说话呢? 万般无奈之下,毕功想到了一个人。谁? 他就是大内王公公。平时朝廷文告都是王公公拿来给毕功印制的,两人平日交情不错;更重要的是,毕功觉得王公公对印刷方面的事略知一二,容易说通,于是就去找他说明来意。可王公公听了,却面露难色。是啊,就是王公公这样身份的人,叫他去为秦桧说话,他也不愿意啊!

毕功一见王公公这脸色,立刻"扑通"一声跪倒在地,情真意切地说:"公公,这事儿除了你,没有第二个人能说话了,万望公公看在社稷的分上,给皇上说说。"王公公想来想去,毕功这话说得也是呀,于是就硬着头皮答应了。

说来也巧,这阵宁宗皇帝龙体欠安,没有上朝,那些大臣要求禁用秦体字的奏章也还没有来得及批下去,王公公于是就去拜见宁宗皇帝,趁着当儿就把毕功的意思说了。可宁宗皇帝皱紧了眉头,半晌没出声。

旁边一个小太监脑子挺活络,灵机一动,就向宁宗皇帝跪奏道:"陛下,秦贼罪恶滔天,现在他的家产已经全部充公,何不将他的秦体字也一起充公了呢?"王公公一听茅塞顿开,连忙也跪奏道:"陛下圣明! 秦贼一向自吹秦体字是他万世不易的家业,请陛下降旨,将秦体字连同他的家产一起充公。"

宁宗皇帝听了不由心中大喜:这主意绝! 于是立即准奏。

就这样,秦体字充公,成了"宋体字"。

(许歆懿)

(题图:黄全昌)

# 猫　王

　　康熙刚登基的时候,不少地方官欺他年幼稚嫩,趁机肆意妄为,大发横财。

　　登州府有个负责征收皇粮国税的粮道,名叫福渊,他也不甘落后,利用秋季征粮的时机大敛其财。朝廷将登州府征粮的数额下达后,他大笔一挥,以防虫耗、鼠耗、雀耗、运耗等名目,将朝廷分派下来的数额私自翻了一番,这多出来的部分最终就落入了他自己手中。这一来,下面负责收粮的各级官爷也效仿福渊的做法,雁过拔毛,层层加码,最后到了老百姓头上,每一石库粮的实征数已经达到了两石八斗八。

　　这事儿后来被一个御史察觉,就向朝廷参了福渊一本。

　　康熙虽然年少,但深知官员腐败乃祸国之源,所以看到这个奏折后龙颜大怒,立刻传旨召福渊火速进京。

福渊接到圣旨,吓得七魂去了六魂,瘫倒在地上死活爬不起来。本来,像他这种地方官员,能进京见驾是天大的福分,可是他心中有鬼,知道这次进京肯定凶多吉少,轻则丢官,重则脑袋难保。可是不去又不行,万般无奈之下,他只好带足银票,惶恐不安地上了路,打算到京城后用这些银子打通关节,请中堂大人鳌拜为自己撑腰,或许还能化险为夷,逃过一劫。

说起这个鳌拜,可是大有来头。当时康熙年少,先帝顺治便指令太子太傅鳌拜等几名老臣辅佐康熙打理朝政。鳌拜受先帝所托,加上手握兵权,官居中堂,所以在当时权倾朝野,众臣对他无不巴结万分,就连羽翼未丰的康熙都怵他三分,生怕一不小心得罪了他,自己这个皇帝做不成。

再说福渊到京城后,丝毫不敢耽搁,连夜到鳌拜府上求见,他深知自己这次命悬一线,是死是活全掌握在对方手上,所以见面之后将所带银票一股脑儿全掏了出来,跪求鳌拜道:"此次中堂大人若能相助,小的日后定当重重报答,您叫小的死,小的决不敢活。"

鳌拜瞥了一眼银票,当即哈哈大笑:"言重了!既然福大人有事,我自不能袖手旁观。"他话锋一转,"不过……"

福渊心里"咯噔"一下,以为鳌拜是嫌他给的银子少,赶紧叩首道:"中堂大人,您请放心,小的在老家还有几处房产土地,容小的回去……"

谁知鳌拜却对他摆摆手:"我的意思是,皇上对此事甚为重视,你若想活命,明日上朝之后必须如此这般从容应对,方可保性命无忧。"说罢,他就对福渊面授机宜起来。

福渊听完后,将信将疑地问:"这样能行吗?"

鳌拜牛眼一瞪:"你信不过我?"

福渊赶紧垂首:"小的不敢。"

可话是这么说,福渊心里却"砰砰"打鼓,忐忑难安。

第二天,福渊被宣召进殿之后,"扑通"一声就在康熙面前跪下了,虽说有鳌拜打包票,可他仍紧张得全身直哆嗦。

康熙厉声问他:"福渊,你告诉朕,登州府今年粮食实征多少?进库数又是多少?"

福渊马上听出来康熙皇帝实际上已经掌握了实情,吓得牙齿直打颤,半晌不敢答话。他求救似的瞥一眼站在旁边的鳌拜,看到鳌拜冲他微微点头,这才咬牙按鳌拜昨晚的吩咐,将库粮的实征数和入库数如实做了回答。

康熙看他直言不讳,倒有些奇怪:"为何实征数比入库数多出了这么多?"

福渊竭力让自己保持镇定,回答说:"回皇上,实在是没有办法,今年的鼠患特别严重,仓鼠猖獗,库粮鼠耗惊人。"

康熙冷冷一笑:"鼠耗?是仓鼠,还是你们这些硕鼠?"

福渊顿时吓得额上冷汗直冒,却不敢伸手去擦,只好装作没听明白皇上话里的意思,答道:"是仓鼠,现在这些仓鼠都吃成硕鼠了。"

"什么?"康熙一拍龙案,怒斥道,"事到如今你还敢狡辩?都是你们这些官仓硕鼠为中饱私囊而胆大妄为,败坏我大清朝的声誉,不把你们杀了,朕难向天下百姓交代。来人!"

福渊一听康熙这话,不由魂飞魄散,伏在地上磕头如捣蒜:"皇上饶命,皇上饶命啊!"

就在此时,鳌拜干咳了一声,奏道:"皇上且慢。"

康熙不满地看看鳌拜,问:"中堂有何事?"

鳌拜指指瘫在地上的福渊,对康熙说:"皇上,福大人所言不虚,据臣所知,今年鼠患确实特别严重。"他说着,从怀里掏出几张奏折,痛心疾首道,"说来此事都怨我,这些都是各地最近送来上报鼠灾的奏折,我怕皇上为这些小事烦恼分心,所以私自扣下了,现在听福大人这么一说,没想到鼠患竟如此严重。唉,老臣失察了!"

康熙心如电转,一听鳌拜这话,就知道他定是得了福渊的好处。但康熙脸上却不露声色,说:"中堂不必自责,这鼠患之事,还须查明后再定。"

鳌拜见康熙还是不信,一使眼色,他的同党立刻心领神会,马上就有数人站出来,纷纷向康熙启奏:"皇上,此事千真万确,臣等亲见鼠患严重,臣等家中也是老鼠成灾。"

鳌拜于是就步步紧逼,鼓着牛眼说:"皇上现在总该相信了吧?"

此时,大殿上的空气一下子紧张起来,康熙感觉出今日鳌拜一定要为福渊开脱,自己若再坚持,势必与他闹翻,此时自己羽翼尚未丰满,还不宜与鳌拜翻脸,不如退让一下,给他个面子吧。

想到这里,康熙哈哈一笑,说:"怪不得呢,昨天朕还看见宫中御猫叼了一只老鼠,这鼠患居然还闹到宫里来了。"

满殿大臣都是精明人,一听康熙这么说,就明白皇上是向鳌拜让步了,于是赶紧附和称是。鳌拜环顾左右,洋洋得意,瘫在地上的福渊也心头一松,这才敢去擦脑门上的冷汗。

看着一脸狂喜的福渊,康熙觉得就这么放过他心里着实不甘。他忽然玩心大起,便对福渊说:"你起来吧,这次事情虽说是鼠患所致,但你身为粮道,有责任灭鼠除患,何以竟让仓鼠成灾?朕今日就革去你登州粮道之职,封你为'猫王',统领群猫,负责天下灭鼠之事,务必尽快将硕鼠捕尽。"

福渊一听哭笑不得,一张脸顿时像被揍了重拳似的,鼻子不是鼻子、眼不是眼。可就这副丧气模样,他还得趴在地上磕头谢恩,山呼"万岁"。

从地上爬起来后,猫王福渊一脸尴尬,偏有那不识时务的居然还轻轻对他说:"恭喜福大人,福大人好福气,因祸得福,被皇上封王封侯了。"

福渊听得满脸通红,恨不得地上有道缝能钻进去。

康熙将这一切全看在眼里,他心中暗笑,表面上却正儿八经地说:"福渊,你既是猫王,手下岂能无兵? 朕赐你御猫一对,若鼠患不尽快解决,朕拿你是问!"

福渊只得再次磕头谢恩。

随后,康熙瞥一眼满脸骄横的鳌拜,面色陡然一沉,道:"传旨下去,各地全力灭鼠,以后若再有以鼠耗之名滥收皇粮的,朕决不轻饶!"

说完,康熙命人到后宫捉来一对御猫,交给福渊。

可那御猫认生呀,在福渊怀里又是挠又是抓,搞得福渊脸上、胳膊上爬满了一道道血痕。但这是御赐的宝贝,福渊不敢造次,心里虽然恨不得摔死这长尾畜生,可表面上却还得笑脸呵护,左手一只,右手一只,小心翼翼地抱着这两只御猫,就跟抱祖宗牌位似的……

出得宫来,福渊禁不住仰天长呼,不知自己是该大哭还是该大笑,这次京城之行丢了肥缺,不过好歹保住了性命,总算是死里逃生吧。

不久,福渊被皇上封为猫王的事就天下尽知了,一时间成为大家的笑谈。同时,众官吏特别是地方上的那些粮道们,心里也不免惴惴不安,他们再也不敢在鼠耗和雀耗、虫耗上面做文章了,大家生怕哪天康熙也封自己个"鸟王"、"虫王"啥的,那可就够"光宗耀祖"的了。

如此一来,百姓的粮赋就减了许多。至于几年后康熙羽翼渐丰,立刻设计除掉鳌拜,鳌拜党羽下狱的下狱、砍头的砍头,这是后话,此处不提。

话说后来有一天,康熙心血来潮,突然想起被自己当年封过猫王的福渊,就差侍卫去登州府看看。侍卫赶到登州后多方打听,终于在一个僻静处找到一处不大的庭院,谁知进门一看,他大吃一惊,只见庭前廊下,目及之处到处是猫,或大或小,或黑或白,竟不下百只之多。

许是听见有人进院,屋里走出个红光满面的老头来,两只肩头各趴了一只肥猫,侍卫一看,此人正是福渊,他肩上的那两只御猫正是当年康熙所赐。

一见福渊出来,众猫立刻蜂拥而上,围着他上蹿下跳,亲热无比,福渊一声轻喝:"去!"众猫甚是听话,立刻快速散开。

福渊伸手拍拍肩上那两只御猫,轻声道:"福气、福财,来客人了,下去!"

这两只猫"喵"了一声,十分不情愿地跳下地去,懒洋洋地走开了,而此时,福渊脸上却神采飞扬,俨然猫中之王。

侍卫回去将所见一切报告康熙,康熙很是感慨。后来,康熙御笔亲书"猫王"二字,命人做成金字匾额送到登州,挂在福渊宅门之上。登州从此就多了一处猫王宅子,这条街也因此得名"猫王街"。

(黄　胜)

(题图:黄全昌)

# 重塑金身

一天,杭州西湖畔惠因寺前,来了一主四仆五个人,为首的主人看上去服饰鲜丽,极有气派,帽上缀着熠熠生辉的"祖母绿",手上戴着炫人眼目的嵌玉戒。寺里的住持法印和尚断定此人不是寻常游客,就格外殷勤地亲自陪着,邀他观览全寺。

宾主边走边聊,尽管因年久失修,惠因寺如今已破旧不堪,可这个客人对寺里的一殿一阁、一龛一佛却看得非常仔细,问得十分周详。法印和尚奇怪他为何对惠因寺有这般兴趣,一问,他神色庄重地说了这么一件事。

原来不久前,这位客人做了一个梦,梦见韦驮尊神为他导游西湖,游到一处破旧寺庙时,韦驮尊神十分恳切地叮嘱他说:"你若能出资修复此庙,必当享受无量之福。"于是梦醒后,这位客人就带着仆人打点行装出发,天天在西湖周围四处寻找梦中所见寺庙,已经奔波十多天了,不想今日来到惠因寺,看到的一切竟全如梦中所见。

法印和尚听了客人这番话,真是惊喜不已:"这么说,施主是来出资修缮本寺的?"看到客人点头,他又迫不及待地追问,"那施主打算何时动工呢?"

客人想了想,说:"动工之事,只在迟早,大师尽管放心。只是我们这次出来,只带了盘缠,不曾带得银票,施工所用是个大数,容当估算之后,过些时日备齐了再来。"

法印和尚修寺心切,一听不能马上动工,不免有些失望,所以张了张口,没有吱声。

跟在客人身后一个叫袁三的仆人看出了端倪,立刻对他主子说:"少爷,小的有个主意。少爷的同乡张老爷,不正在海宁当县令吗?不如少爷先从他那里暂借一笔,再让小的回去取了来还张老爷,这样,既能早日开工,又省了少爷往返跋涉之苦。"

不想客人却摇头:"张老爷为人小气,他手里的银子不好借。"

袁三说:"少爷,好借不好借,让小的跑一趟试试,反正路不算远,说不定真能借来呢?"

客人沉吟片刻,说:"那也好,试试就试试吧。"

法印和尚一听可高兴了,立刻让小和尚们打扫出几间敞亮客房,请施主下榻。小和尚们见四个仆人一直围着他们主子前呼后拥,随身行李又是四只华美的樟木大箱,便好奇地打听客人底细。这才得知客人姓袁,江苏六合人,多年宦游云南,官居滇南司马,如今离任在家;袁家老太爷先前是扬州的大盐商,袁家在当地可谓富甲一方,茶楼酒肆不提,光是名下的当铺就有二十多处;至于田亩,每逢秋收时节,袁家单是派下去收租的就有四五十人。仆人的一番介绍,说得小和尚们连连咋舌。

再说袁司马在客房安顿下来后,便取出两锭大银交给管事的和尚,说是聊作他们一行的食宿之资;随后他就给张老爷写信,交给袁三,让他速去海宁借银;接着,又让法印和尚请来匠人,估算修寺费用。一听修寺大约需要六千两银子,袁司马笑了:"我原以为得万余两银子哩,不想这么点就能把事情办成。"

几天后,袁三回来了,禀告袁司马说:"张老爷正在办海塘工程,忙得很,他说本不该管这闲事,但看在和少爷是同乡的分上,就让小的带回五百两银子。小的已经给张老爷打了字据,现将银子呈上,请少爷过目。"

袁司马一听,嘀咕道:"果不出我所料,他就这么小气。"他让袁三将五百两银子交给法印和尚,说:"大师,那就请先用这银子备料开工,余下的我立刻就派人回去取,误不了事儿。"

法印和尚见袁司马办事利索,于是就抓紧时间招募工匠先行开了工。最先动工的是大雄宝殿,瓦顶、墙面、门窗乃至供桌,都依次修整,恢复至原状。

袁司马十分勤谨,每天必到现场坐镇。半个月后,大殿将要修复竣工时,袁司马对法印和尚说:"殿内诸佛虽然都是金相,但毕竟年久岁长,袁某既然承修,就得修个完善,我想把这些佛像全部改为全身贴金,不知大师意下如何?"

法印和尚一听,惊得目瞪口呆:若要给殿内这些大佛全身贴金,仅此一项就要增加二千余两银子哪!他不由双手合十,嘴里连连念叨:"袁司马,你真是救苦救难的活菩萨啊!"

法印当即召集众和尚商量,想从杭州城里雇用贴金匠。袁司马的一个仆人在一旁听到了,插嘴说,他有个表兄是这一行的贴金高手,现在在湖州干活,如果需要,把他找来就是。众和尚一听齐声称好,于是几天后,那仆人的表兄便带了五六个贴金匠赶到惠因寺。因为是表弟介绍的活儿,这伙匠人说干就干,气也没喘就立刻动手,清洗佛像,刮磨旧金。

没几天，刮磨旧金的活儿完工了，可就在要给佛像重新贴金的节骨眼上，麻烦突然来了！

这天大清早，有个人跌跌撞撞跑进寺里，说他从六合赶来，是袁家仆人，见了袁司马劈头就喊："少爷，大事不好，太夫人忽然中风，躺在床上昏迷不醒，少夫人让您快快回去。"

袁司马一听大惊："这可如何是好？"

顿了顿，他忽然像想起了什么，问来人："我派袁三回去取银子已经五六天了，他怎么不和你一起来？"

仆人答："家中得信后，就按数从永昌号支出银子，还让镖船护送袁三一路而来。太夫人中风是在袁三出发的第二天，因为情急，小的昼夜旱路奔马而来，自然要比袁三的船快。不过小的估摸，袁三这会儿也该快到了。"

袁司马听罢，就对法印和尚说："大师，实在抱歉，家母突然得病，我做儿子的不能不赶回去尽孝。这样，我留下两个仆人在这里照应，袁三来了之后，除还海宁张老爷五百两银子外，其余部分请大师一并收下。等家母病情稍有好转，我立马就会回来，无论如何也会对修寺工程善始善终。"

法印和尚见袁司马将一应事情安排得妥妥帖帖，不禁连连点头称是："袁司马如此费心，老衲心领了。老衲祝袁司马一路顺风，令堂前代为请安。"

就这样，袁司马带上仆人策马而去，留下的那两个就在寺里等着袁三拿银子来。可谁知左等右等就是不见袁三的影儿，法印和尚很惶惑，两个仆人也慌了，想起报信人说过袁三是由镖船护送来的，他们这天给法印和尚打了个招呼，便去码头看看。可不料这两人一去五六天也不见了踪影，就连在寺里干活的那几个贴金匠，也不知什么时候竟跑得一个不剩。

难道这些贴金匠连工钱都不要了？这一来，法印和尚就觉得不对了，立即吩咐查看袁司马和他仆人的客房，这才发现那两只樟木大箱虽然还在,但箱内已空无一物。法印和尚急得连连跺脚,又立刻派人去江苏六合暗访,原来六合城里确有袁家,袁家也确有一人为滇南司马,只是这司马一直在任上,并不曾回家,而且袁家父母早已亡故,何谈富甲一方?

如此说来,这施舍修寺的袁某其实是个假冒的家伙。然而,他为何要搞这鬼名堂呢?法印和尚糊涂了。眼下再要为佛贴金已不可能,哪来这么多银子啊?法印和尚想来想去,只好用油饰彩绘的办法来收拾残局,于是就派人又从杭州城里请来工匠。

那些工匠来到寺里,听法印和尚把前前后后事情一讲,当即就凑近佛像细看。不想这一看,他们竟失声大叫起来:"嘿,你们上大当啦!"

法印和尚急问:"此话怎讲?"

工匠们说:"你们看,这些佛像原本全身鎏金,可现在都已被刮磨殆尽,额上嵌着的宝珠也被挖去,留下一个个空洞。"

法印和尚一听,顿时冷汗湿了全身。他哪里知道,这座建于北宋的惠因寺,是因为经历了长久的兵荒马乱,才变得如此不堪,可在明代时候,织造太监孙隆重修过此寺,曾给每尊佛像全身鎏金,额上还嵌了奇珍异宝。

再说假司马一伙,在以五百两银子为诱饵,骗走了从佛像身上刮取的价值十几万两银子的金粉和珠宝之后,他们给法印和尚开了个玩笑,在其中一尊佛像的额上留了一枚宝珠,手上塞了张纸条,上面写着:谨留此珠以补贵寺未竟工程之费用。

后来经辨认,此珠乃是一颗"猫儿眼",大如樱桃,洗净积垢后光彩熠熠。法印和尚只好吩咐将此珠变卖,用换得的银两给寺里大殿及配殿的大小五十六尊佛像油饰彩绘,又对配殿、后花园和僧房进行整修。一个月之后,残局是收拾了,只是想起这件事,法印和尚心里依然郁闷……

(王玉祥)

（**题图**:俞耀庭）

# 雍正禁赌

雍正皇帝当朝的时候,北京西城有一座大四合院,宅子的主人是吏部王侍郎。

这天晚上,王侍郎叫了一帮男男女女到他宅院来打麻将,他们用被子把窗子和宅门堵得严严实实,桌上只点了盏绿豆大火头的油灯。

也许有人要问:这王侍郎又有钱又有权又有势,还用得着怕谁?

您不知道,这会儿雍正皇帝正在全国上下厉行禁赌哩。康熙爷晚年,官吏享乐之风大盛,赌局天天开,麻将处处有,误了国事不说,单是因为赌博引起的偷窃、诈骗和凶杀案就屡屡发生,不仅有损朝廷吏治形象,而且还造成了严重的社会治安问题。

雍正看在眼里急在心里,当皇帝后就决心要根除赌博恶习,他亲拟诏书诏告天下:官员赌博,首先革职查办;制造赌具的,一律铲除;告发者有赏,以身试法者严惩不贷。

诏书一下,表面看赌博之风是刹住了,可那些嗜赌如命的官员哪里肯罢手,于是就阳奉阴违转入地下偷偷地赌。当然,他们也怕背上抗旨不遵的罪名,弄不好脑袋要搬家的呀,所以每回赌的时候就特别地小心,唯恐走漏风声。

但俗话说得好:没有不透风的篱笆墙。

第二天早朝,大臣们该启奏的事项一件件说完了,雍正道:"谁还有话说?"

金銮殿上一片寂静,空气好像凝固了一般。

雍正突然问道:"吏部王侍郎,你昨晚在作何消遣哪?"

王侍郎一听,知道事情瞒不住了,立刻"扑通"一声跪倒在地:"皇上,罪臣该死,昨夜无聊,罪臣玩钱了。罪臣下回一定不敢了,请皇上恕罪。"

雍正冷笑一声:"还有下回吗? 难道你脑袋没有了,以后两条腿顶着个腔子来上朝? 你就不怕吓着朕吗?"

此时甭说王侍郎,皇上这话里的弦外之音,满朝文武官员哪个听不出来? 心里有鬼的早就吓出了一身冷汗,不知道待会儿皇上会不会点到自己头上。

就在这时候,只听雍正大喝一声:"来人!"

王侍郎吓得整个人都瘫在了地上,他一边磕头一边喊:"皇上饶命,皇上饶命啊!"

哪知雍正却"扑哧"笑出声来:"瞧你这点儿出息! 你别害怕,你刚才对朕说了实话,朕要重重赏你。"

雍正说完一挥手,他的贴身太监立刻用托盘端来一个红绸小包,送到王侍郎跟前:"还不快快谢恩?"

魂飞魄散的王侍郎闹不明白事情怎么突然转了,正愣神儿呢,被太监一催,赶紧给皇上磕头:"谢主龙恩,谢主龙恩!"

雍正朝他连连摆手:"快拿回家去看看吧!"

"遵旨!"王侍郎赶紧拿起红绸小包,兔子似的蹿出了宫门。

回到家里,王侍郎打开红绸小包一看,傻眼了,里面竟是他和朋友昨晚打麻将时用的一张"白板"。这牌是什么时候丢的呢?王侍郎想来想去,不得而知。

这事儿立刻传遍京城。

这一来,那些赌博成癖的官儿谁还敢再玩钱?雍正皇帝的耳目到处都是,自己的一举一动随时都在被监视之中啊……

（贾福林）

（**题图**:黄全昌）

# 吃 肉

　　清朝乾隆年间,宣州城外石板桥村有个秀才,叫宋桶,考不取功名,又不愿放下架子干活,整天躺在家里想:哪一天我要能吃上一顿肉,喝上一坛酒,那该有多好。

　　有天晚上,宋桶做了一个梦,梦见自己走过城门口的时候,看到城门下有两个人正抱着一只酒坛,他上去抢那酒坛里的酒喝,谁知喝到嘴里才知道,这酒坛里装的不是酒,是醋,当即气得拿起地上的两根木杖就朝那两人身上打。

　　可奇怪的是,醒来后,宋桶发现自己满嘴竟都是醋味,他实在想不明白这到底是怎么回事儿,于是就去找村里的王半仙解梦。

　　王半仙听宋桶如此这般一说,立刻笑道:"这是个好梦啊,你马上就要吃到大肉了。"

宋桶不信："肉在哪里？怎么个吃法？"

王半仙说："城门下有两个人，这不正好是个'肉'字吗？"

宋桶一想：对呀！

王半仙又说："你拿两根木杖打那两个人，这就表明你拿着两根筷子在那吃肉。至于什么时候能吃到，你梦里不是在喝醋吗？'醋'字拆开是'二十一日酉'，二十一日酉时，也就是大后天，你去城门上等着，肯定有人会把大肉给你送来。"

宋桶一听可高兴了：我已经多年不识肉滋味，这回可要美美地吃它一回了。于是他特意饿了两天，等来了这月的二十一日。

可这天的太阳好像故意跟宋桶作对似的，悬在天上就是不挪窝，宋桶真恨不得拿个钩子把它钩下去。好不容易熬到酉时，他急吼吼地来到城门口，就等着人家给他送大肉来。可谁知等了好久，没见什么动静，他心里真是又焦急又郁闷。

就在这时候，一阵晚风吹过，宋桶突然闻到一股浓浓的肉香，瞪眼一瞧，不远处真有四五个人抬着一只木桶朝他走来。他心里狂喜不已，直起喉咙就喊："快，快把桶送过来。"

你道那几个是干什么的？原来衙门里的县太爷每天吃过午饭都要邀朋友打麻将，打到晚上肚子饿了，就让衙役专门去城外"一品香"蒸肉铺给他们买粉蒸肉吃。这会儿，几个衙役正抬着一桶刚出锅的粉蒸肉往回赶呢。

衙役们看见夜色中城门下站着个人，叫把桶送过去，以为是县太爷等不及，专门派人来催了，还叫"送桶"过去，觉得很好笑，于是一边脚下加快了步子，一边嘴里嘻嘻哈哈地连连应道："来啦来啦，送桶来啦！"

可宋桶不知内里，一听衙役喊"送桶来啦"，还以为这桶肉是县太爷赏给他的，开心地大喊："快，宋桶在这儿！"待衙役们奔到他面前，刚把桶放下，他就迫不及待地扑上去，揭开桶盖，抓起一块粉蒸肉就往嘴里塞。

衙役们一看宋桶这副样子，就觉得奇怪了：这人怎么如此大胆，竟敢吃县太爷让买的肉？再一看，这人不是县太爷身边的人，不认识呀！

这还得了，他们三下两下就把宋桶抓到衙门里去了。

县太爷一听有人敢跟他抢肉吃，气得胡子直翘，连夜升堂审问，宋桶于是便把自己做梦和王半仙为他解梦的经过，一五一十招了出来。

县太爷骂道："你这穷酸秀才，我看是馋昏头了，来人呀，给我重打五十大板！"

两个身强力壮的衙役立刻将宋桶按倒在地，举起水火棍就打。宋桶已经两天两夜没吃东西，肚子里早已空空如也，现在遭受如此惊吓和毒打，怎么受得了？当场就昏死在了大堂上。

被衙役一阵醋水浇醒后，宋桶真是又气又恼，就连夜去找王半仙论理。

谁知王半仙一听，责怪他说："可惜呀可惜，这肉本该是你吃的，可你站的不是地方哪！"

宋桶糊涂了："不是你说的吗，要我二十一日酉时站在城门下？"

王半仙道："没错，这话是我说的。可站在那儿你得要出头啊，你看这'肉'字是怎么写的？'人'不出头，何以为'肉'？不但没有肉吃，那木杖也成了水火棍，那醋自然就变不成酒啦！"

宋桶一听，真是懊悔莫及：是呀，人只有出了头才会有肉吃，不出头就想吃肉，岂不是混账吗？从此，他再也不做白日梦了。

（黄廷洪　搜集整理）

（题图：俞耀庭）

# 王家大院的奇祸

　　大王庄村口有一棵歪脖子柳树，这天，庄里的大财主王有财十岁的儿子王钱在树上玩耍，玩着玩着，尿急了，他不愿意下来，便在树上掏出小鸡鸡撒起尿来。撒得正酣的时候，他见远远走来一个人，灵机一动，便把剩下的半泡尿憋住了。

　　来人是个挑着担子的货郎，待货郎走到歪脖子柳树下，王钱便把他的小鸡鸡当枪口，瞄准货郎，把憋下的半泡尿"嗖"地照着货郎的头顶就喷射下来。

　　大冷的冬天，没下雨也没下雪，却忽然有一泡水从天而降，灌进货郎的脖子，你说货郎能不奇怪吗？他抬头一看，这才发现是树上一个男孩撒的野，气得一跃上树把王钱从树上扯下来。

　　谁知王钱一点也不惊慌，说："你一个穷卖货的敢打我？你敢打,我就告诉我爸去。知道我爸是谁吗? 王有财!"

货郎见男孩这么小就仗势欺人,火了:哼,我今天就非要教训教训你这个不知天高地厚的小家伙! 于是,他抬手就打了王钱两巴掌,王钱立刻大喊大叫起来。

庄里人看见货郎打王有财的儿子,吓得脸都变了色:王有财有钱有势,他还有个弟弟在城里的保安团当团长,人家王团长手下有几百号人、几百条枪,不知会怎么收拾你这个穷货郎哩!

可这货郎却一点不见慌张。你道他是谁? 他是王团长的副官李副团长。大王庄东面五十里有一座大王山,山上有二百来个土匪,头子叫刁大麻子,王团长想扩充队伍,要收编刁大麻子,李副团长今天就是被王团长派去给刁大麻子当说客的。

李副团长拉着王钱进了王家大院,王有财正在屋里和他的三个小妾玩牌,王钱一见老子,便大哭着告状。李副团长本想亮明自己身份,转念一想,打消了念头,因为他想看看王团长的哥哥是怎么教育儿子的,于是就把王钱在树上撒尿的事说了一遍。

哪知王有财竟对他说:"淋你又怎么样? 就是要你喝了我儿子的尿,也不过分。"

王有财这么一说,李副团长就干脆不说自己身份了,他倒要看看,王有财会对他怎么样。

只听王有财问他儿子王钱:"这个穷货郎打了你几巴掌?"

王钱说:"二……二十巴掌。"

李副团长心想:我明明只打了你两巴掌,你怎么说我打了你二十巴掌呢? 他怀疑这个小男孩可能不识数,便问王钱道:"二十巴掌是多少?"

王钱在院落里拿来一根木棍,朝李副团长身上用尽力气地打,一边打一边数,狠狠打了二十下,一点都没数错。

要是身上有枪,李副团长这会儿真恨不得一枪毙了这小子,可他硬是让自己忍住火,竟心平气和地对王有财说:"好了,你儿子也打我二十下了，现在我可以走了吧？"

谁知王有财鼻子一哼，说："走？你打了我儿子，这就想走？"

王有财喝令家丁将李副团长按住，随后就叫王钱掏出小鸡鸡来，再往李副团长嘴里撒尿。王钱尿了两下，尿不出来，王有财就叫王钱去喝水，等了两个时辰，王钱尿涨了，终于把一泡尿撒进了李副团长的嘴里。

李副团长强忍着不作声，也不挣扎，把尿喝了下去，王有财又把他的货郎担收了，这才放他出大院。回头对着这扇院门，李副团长咬牙切齿道："好，你们就等着瞧！"

三天后，李副团长又从大王庄村口过，此刻王钱又躲在那棵柳树上，他撒尿淋人好像来了瘾头，这几天天天在树上干这事。这会儿，他看见三天前喝过他尿的货郎又来了，高兴得简直要跳起来，待李副团长走到树下，他又把一泡尿撒了下去。

李副团长这回索性就站在树下，张口接了王钱的尿就喝下肚去，还好言问王钱平时最喜欢什么。王钱没想到这个挨他淋尿的货郎会对他这么好，想了想，便说他最喜欢有几副新牌。

李副团长问他："你要新牌干什么？"

王钱说："有了新牌，我就可以拿去给我爹，讨我爹喜欢呀！"

李副团长说："这不难。过两天，有个人骑一匹高头大马，带二百人二百条枪从这里路过，你怕不怕他？"

王钱说："二百条枪算什么，又没我叔叔的枪多，要是打起来，肯定不够我叔叔打，我怎么会怕他？"

李副团长说："那我就托这人带几副新牌给你。不过他不认识你，我告诉他以撒尿为号，你要是撒尿淋了他，他就知道是你，就会把新牌给你。哦，实话告诉你吧，这个人他也喜欢喝尿。"

王钱没想到会有这等好事，两天后，他喝足了水，早早地就在树上等，尿涨了也忍着。一直等到中午时分，远远地他看见有队人马过来了，打头那个正骑着高头大马，他顿时兴奋不已，等到那骑马人来到树下时,便一泡尿照着人家头顶就撒了下去。

骑马人抬头一看,见是一个小男孩在往他头顶撒尿,还朝他嬉笑,气得脸都青了,立刻"嗖"地一声从身上抽出长刀,挥手就把刀砍了上去。这个人,正是大王山上的土匪头子刁大麻子。

刁大麻子的副官不知道突然出了什么事,赶上来一看,不由变了脸色:"司令,不好,你知道你杀了谁吗?"

刁大麻子抹抹刀上的血,问:"谁?"

副官说:"他是王团长的侄子。"

刁大麻子闻言一惊,立刻勒住马头说:"那我们还归什么鸟编?不是去找死吗?走,回去!"

副官立刻说:"司令,这祸闯大了,他王团长事后知道了,肯定会带人来打我们。反正横竖都是死,我们索性杀进大王庄那王家大院去,劫了他哥一家。王家院子这么大,又有炮楼枪眼,王团长要是来打,我们就在他们王家大院里和他拼一死战。"

刁大麻子是个贪财又贪色的凶狠家伙,他早就惦着王家的万贯家财和那几个如花似月的家眷了,于是立刻带着他那二百号人杀进了大王庄,王家大院里除了那几个小姜,没一个活命。

当天夜里,王团长得到消息,果然带了他的兵马杀将过来,打了一天一夜,双方都死伤惨重。后来,王团长自己骑马回去搬救兵,没想被躲在半路上的李副团长给暗枪打死了,李副团长随后带上王团长剩下的那些人马来到大王庄,一气收拾了残局。

王家大院成了一片废墟,王家兄弟俩也都成了刀下之鬼,而李副团长却是既得了王家的家财,又当上了团长。李副团长——不,他现在是李团长了,李团长暗自思忖:为什么就因为一个小男孩的一泡尿,我竟会导演了这场血腥杀戮呢?

想来想去,他明白了:哦,原来我是想当团长……

(黄自林)

(题图:黄全昌)